動物農場

付「G・オーウェルをめぐって」開高健

ジョージ・オーウェル
開高健 訳

筑摩書房

目次

動物農場——おとぎ話

George Orwell

ANIMAL FARM

A Fairy Story

1945

第一章

荘園*農場のジョーンズさんは、鶏小屋の夜の戸締りをしたが、飲み過ぎていたので、くぐり戸を閉め忘れてしまった。ランタンの光の輪を右に左にぶらぶらさせながら千鳥足で中庭を横切り、裏口で長靴を蹴って脱ぎ、台所のビール樽《だる》から本日最後の一杯をひっかけてから、二階の寝室へあがっていった。ベッドでは、奥さんがすでにいびきをたてて眠っていた。

寝室の灯が消えると同時に、農場の建物じゅうが、ごそごそとざわつき始めた。というのも、品評会で入賞したこともある中白種の雄豚メージャー爺さんが、ゆうべ見たおかしな夢について、みんなに話をするという知らせが昼間のうちに回っていたからだった。ジョーンズさんが眠りこみ、もう安全と見きわめがついたらすぐ、大納屋に全員集合ということになっていた。メージャー爺さん（品評会用にウィリンドン・ビ

＊荘園＝マナー。本来は封建領主の所有地を意味する。

ユーティーという名をもっていたが、ふだんはこう呼ばれていた）は、この農場でとても尊敬されていたので、彼の話を聞くためなら、一時間くらい睡眠時間が減ることは何でもないことだった。

大納屋の一隅、一段高くなった演壇の上、梁《はり》から吊下がったランタンの下で、メージャー爺さんは、自分の敷きわらの上におさまりかえっていた。爺さんは十二歳、近頃太ってはきたが、堂々たる風采は昔のとおりだったし、一度も牙を切ったことはないのに賢くやさしい顔つきをしていた。間もなく動物たちが集まり始め、それぞれのやり方で楽なように席をつくった。

最初にやってきたのは、ブルーベル、ジェシー、ピッチャーの三匹の犬、それから豚どもで、豚どもは演壇のまん前のわらにおさまった。めんどりは窓の桟《さん》の上に止まり、鳩は棰《たるき》の所へ飛んでいき、羊と雌牛は豚の後ろに横になってくちゃくちゃと反芻《はんすう》を始めた。二頭の馬車馬、ボクサーとクローバーは連れ立って姿を現わし、わらの中に小さな動物が隠れていたら大変とばかり、その大きな毛むくじゃらの蹄《ひづめ》を慎重におろしながらはいってきた。クローバーはでっぷりした母馬で中年にさしかかっており、四度めの出産以後、元の体型に戻っていなかった。ボクサーは一・八メートル近い丈のある馬で、普通の馬二頭分もの力があった。鼻の白い筋のおかげでどこか間が抜けて見えてしまい、事実、最高級の知性を持っているとはいえなかったが、おちついた性格と、大力のために、みんなから尊敬されていた。次に白い山羊のミュリエルとろばのベンジャミンがやってきた。ベンジャミンはこの農場の最古参で、いちばんの気むずかし屋でもあった。めったに口をきかないし、口をひらくとすれば、皮肉をいうに決まっていた。たとえば「神さまはハエを追い払うためにとわしに尻尾を下さったんだが、わしとしては尻尾もいらないハエもいらないといいたいところだね」といった具合である。この農場の動物たちのなかで彼だけは一度も笑ったことがなかった。その理由をきかれると、「だって何も面白いものなんてないじゃないか」と答えるのだった。しかし、公言こそしなかったが、彼はボクサーのことは好きだった。この二頭は、果樹園の向うの小さな囲いで何もいわずにただ並んで草を食べて日曜日を過ごしていた。

二頭の馬が横になったちょうどそのとき、母親をなくしたばかりのあひるの子供たちがぞろぞろとはいってきて、か弱くピイピイ鳴きながら、踏みつぶされる心配のない場所を探してよちよちと歩き回った。クローバーがその大きな前脚でちょっとした囲いを作ってやると、あひるの子供たちはその中におさまってすぐに眠ってしまった。最後に、ジョーンズさんの軽馬車をひいているモリーという、頭は馬鹿だが器量よしの白い雌馬が、砂糖をかみながら気取ってしゃなりしゃなりとはいってきた。彼女は前の方におちつくと、この赤いリボンを見てちょうだいとばかりに、白いたてがみを振り始めた。最後にやってきたのは猫だった。いつものように、ぐるりと見回していちばん暖かい場所を探し、ボクサーとクローバーの間にもぐりこんだ。そしてメージャー爺さんの演説を一言も聞かずにずっと、満足げにのどをごろごろ鳴らしていた。

こうして、裏口の止り木で眠っているからすのモーゼ以外、すべての動物がそろった。メージャーはみんながおちついて、彼の話を待ちかまえているのを見てとると、咳《せき》払いをしてから話し始めた。

「同志諸君、みなさんは、私がゆうべ見た奇妙な夢のことをすでにお聞き及びかと思います。しかし、それについてはのちほどお話しするとして、まず申し上げたいことがあるのです。同志たちよ、私はもうあまり長いこと、こうしてみなさんといっしょにはいられない気がするのです。それで、死ぬ前に、私が身につけた知恵を、みなさんにお伝えすること――これが私の義務だと思った次第です。私は長生きをしてきましたから、小屋でひとり寝ながら、瞑想《めいそう》にふける時間もたっぷりありました。そして、今生きている他のどの動物よりも、この地上の生きものの本性をつかみ得たといえると思うのです。これからみなさんにお話しするのは、このことです。

さて同志たちよ、われわれの今おかれている状況とはいかなるものでありましょうか。現実を直視しなくてはいけません。われわれの生涯とは、みじめで働きづめの、短くはかないものであります。生まれ落ちると、かろうじて生きていけるだけの食物しか与えられず、最後の最後まで力をしぼりとられて働かされる——そして役に立たなくなったその瞬間に、あの恐ろしい虐殺が待ちかまえているのです。このイギリスでは、一歳を過ぎて、幸福とか余暇とかを経験できる動物はいません。イギリスに、自由な動物はいないのです。動物の生涯は、悲惨な隷属の一生である——これこそが真実なのです。

では、これは自然の理法によるものなのでしょうか。または、住む者たちがいちおうの生活も送れないほど、この国は貧しいからでしょうか。いや、同志たちよ、断じてそんなことはありません。イギリスの土地は肥沃にして気候温暖、今よりもっとずっと多くの動物たちにたっぷり食糧を与えることだってできるはずなのです。このわれわれの農場だとて、馬十二頭、牛二十頭、何百頭もの羊を養えるはずです——しかも今のわれわれには想像もできないほどの快適な尊厳を保てる生活で。それなのに、なぜわれわれは、このような悲惨な状態にとどめおかれるのでしょうか？　それは、われわれの労働によって作りだされたもののほとんどすべてが、人間どもに収奪されてしまうからであります。同志たちよ、ここにあらゆる問題の解決策があるのです。一言でいいましょう、人間なのです。人間こそ、われわれの唯一絶対の敵であります。人間を追い払え、されば飢えと過労は根元から断たれるのであります。

人間こそ、生産せずして消費する唯一の動物なのです。人間はミルクもださない、卵も生まない、犂《すき》をひくだけの力もない、足がのろくて野ウサギも捕まえられない……しかしそれでも、動物の主人のような大きな顔をしています。動物たちを働かせ、飢えないぎりぎりしか食べさせずに残り全部を自分のものとするのです。われわれの労力が土地を耕し、われわれの糞が土地を肥やしているというのに、われわれのうちの誰がこのなま皮一枚以上のものを持っているというのでしょう。目の前にいらっしゃる雌牛さんたち、あなたたちは去年、何千ガロンのミルクを出したことでしょう。そして頑丈な仔牛を育てるためのそのミルクはいったいどうなったというのでしょう。その最後の一滴までが、われわれの敵ののどをうるおしたのです。そしてめんどりさんたちよ、去年、あなた方はいくつの卵を生み、そのうちのいったいいくつがひよこにかえったというのでしょうか。残りはすべて、ジョーンズたちをもうけさせるため、市場に出荷されてしまったのです。そしてクローバーさん、あなたの生んだ四頭の仔馬は？　あなたの老後を支え、楽しみともなるはずだった四頭は？　みんな一歳で売られてしまい、あなたは再び子供たちに会うこともありますまい。四回のお産と野良での働きに対する報酬として、かつかつの食糧と馬小屋しか与えられてないではありませんか。

しかもこのようなみじめな生涯でさえ、天寿を全うすることが許されていないのであります。私自身に関しては、不平をいいますまい。私は幸せな部類にはいるのですから。つまり私は十二歳まで生き、四百頭以上の子供をもちました。豚の一生というのは、本来こういうものなのです。しかしながら、いかなる動物といえども、最後にはあの残忍なる刃から逃れることはできないのであります。私の目の前にいる若き食用豚のみなさん、あと一年以内に、あなたがたは断末魔の悲鳴をあげながら、哀れ屠場の露と消えるのです。雌牛さん、めんどりさん、豚さん、羊さん――誰もみなこのような恐ろしい目にあうのです。馬や犬だって大していいわけではありません。ボクサーさん、あなたのその素晴らしい筋肉が衰えたらすぐに、ジョーンズは廃馬処理業者にあなたを売るでしょう。そしてのどを掻っ切り、肉はボイルして、猟犬の餌とされてしまうのです。では、犬はどうかといえば、年老いて歯もぬけてしまったら、ジョーンズは首にれんがを縛りつけて近くの池にでも沈めてしまうことでしょう。

さて、同志たちよ、われわれの現在の暮らしにふりかかる災いは、すべて人間どもの横暴によるものだということが、ここではっきりしたはずです。人間を排除し、われわれの労力によって作られたものをわれわれの手に取りもどそう。そうすれば、一夜にして、われわれは自由で豊かになれるのです。では、そのためにわれわれは何をなすべきか？ 日夜、全身全霊をあげて、全人類打倒のために闘うことである！ これこそ私のメッセージです。決起せよ！ その日がいつか、それは私にはわからない。一週間後か百年後か――ただしこの足もとのわらを見るのと同じぐらい確かなことは、遅かれ早かれ正義が行なわれるということである。残された短い人生の間じゅう、このことを忘れてはいけない、同志たちよ！ そしてまた、（勝利を手にするまで闘いつづけてくれるよう）われわれの後につづく若き世代にもこのメッセージを伝えよ！

同志のみなさん、決意がぐらついてはなりません。いかなる議論にも惑わされてはなりません。人間と動物は共通の利害の上に立っていて、一方の繁栄はもう一方の繁栄につながるなぞという言葉に耳を貸してはなりません。そんなのは、まったくでたらめです。人間は、自分以外の動物の利益なぞ考えやしないのです。だから、われわれ動物は闘争においては鉄のごとき団結とゆるぎない同志関係を確立しなくてはならないのです。すべての人間は敵だ、すべての動物は同志だ！」

このとき、ものすごい騒ぎが起こった。メージャー爺さんが演説している間に、四匹の大ネズミが穴から這いだしてきて、べったり座って、話を聞いていたのだ。犬たちはネズミを見つけたが、ネズミはすばやく穴に飛びこんだので、あやうく命拾いをしたというわけである。メージャー爺さんは、静かにしろと前脚を上げて制した。

「同志たちよ、ここに解決しておかねばならぬ問題があります。それはネズミとか野ウサギのような野生の生き物が、われわれの仲間か敵かということです。これを投票で決めようではありませんか。私は動議を提出いたします、ネズミは同志であるのかどうか」

投票はさっそく行なわれ、圧倒的多数をもってネズミは同志と認められた。三匹の犬と一匹の猫、四票しか反対票はなかったが、彼らは賛成反対両方に投票したことがわかった。メージャー爺さんは続けた。

「もうお話しすることはほとんどありません。ただ、人間とそのやり方いっさいに敵対しつづけるというあなた方の義務を忘れるなと、くり返して申し上げるだけです。二本足で歩くもの、すべて敵である。四本足、あるいは羽あるもの、すべて仲間である。そしてまた、人間と闘うにあたって、奴をまねしてはいけない。奴らをやっつけたとしても、その悪習に染まってはならない。家の中に住むな、ベッドで寝るな、衣服をつけるな、酒を飲むな、たばこを喫うな、金に触れるな、商売をするな。人間の習慣はすべて悪である。とりわけ、動物が動物の上に君臨するな。弱きも強きも、賢者も愚者も、動物はみな兄弟である。他の動物を殺してはならない。動物はすべて平等である。

さて同志たちよ、ゆうべの夢についてお話ししましょう。細かいところまでお話しできないのですが、人間がいなくなった世界の夢なのです。でも、この夢は私に、長いこと忘れていた何かを思いださせてくれました。もう何年も前、私が仔豚の頃、母親やおばさん豚たちがよく歌っていた古い歌――彼女たちはそのメロディーと初めの三つの言葉しか知らなかったのですが――、私も小さい頃はそのメロディーを覚えていたのに、もうすっかり忘れ去っていたものです。なのに、ゆうべ、夢の中でその歌がよみがえってきました。しかも歌詞といっしょに。ずっと昔は動物たちが歌っていたのに、もう長いこと忘れられてしまっていた歌詞といっしょに。同志たちよ、今ここで歌ってみましょう。私はもう年よりでしわがれ声になっていますが、メロディーをお教えすれば、みなさん方がご自分で、もっとうまく歌えるでしょう。歌の題は〝イギリスの家畜たちよ〟です」

メージャー爺さんは咳払いをしてから歌い始めた。たしかにしわがれ声ではあったが、なかなか上手だった。歌は〝いとしのクレメンタイン〟と〝ラ・クカラチャ〟

（メキシコの歌でゴキブリのことを歌ったヒットソング）を合わせたような胸がはずむメロディーだった。歌詞は次のようなものだった。

イングランドの家畜よ、アイルランドの家畜よ、
　万国の家畜たちよ
聞け、輝かしき黄金色の未来の
うれしきおとずれを

やがてその日はやってくる
暴虐なる人間どもが打ち倒され
実りゆたかなイングランドの野を
家畜ばかりが闊歩《かっぽ》する日が

鼻からは鼻輪が　背からは輓具《ばんぐ》が
その日には消え去るであろう
はみも拍車も永遠に錆《さ》びつき

残虐なる鞭《むち》ももはや鳴らない

想像もつかないほどの富、
小麦と大麦、からす麦と乾し草、
クローバーと豆、トウジサ、
すべてわれわれのものとなる日なのだ

イングランドの野は照り輝き
水は清らに澄みわたり
そよ風が甘く吹き渡る
われわれが解き放たれるその日には

その日のためにわれわれは働くのだ
たとえその夜明けの前に息絶えるとも
牛も馬も　鵞鳥《がちょう》も七面鳥も
われわれは自由のために励むのだ

イングランドの家畜よ、アイルランドの家畜よ、
万国の家畜よ
聞け、輝かしき黄金色の未来の
うれしきおとずれを

この歌に、みんなは熱狂的に興奮した。メージャー爺さんが歌い終わるとすぐ、彼らは自分たちで歌い始めた。最も愚かなものでさえ、メロディーと歌詞の一つ二つを覚えてしまったくらいだから、豚や犬のような賢いものにいたっては二、三分で全部、そらで覚えてしまった。二、三回練習したあと、農場全体に〝イギリスの家畜たちよ〟のすさまじい斉唱が響きわたった。雌牛はモーモー、犬はキャンキャン、羊はメエメエ、馬はヒンヒン、あひるはガァガァ……。みんなはこの歌をすっかり気に入ってしまって、五回も続けざまに歌い、もし邪魔がはいらなかったら、一晩中でも歌い続けかねなかった。

あいにく、この騒ぎでジョーンズさんが目をさましてベッドから跳び起きた。彼は、庭にキツネがやってきたのだとてっきり思いこんで、寝室の隅にいつも立てかけてあ

る銃をつかんで、闇に向かって六番弾をぶっ放した。弾丸は納屋の壁にうちこまれ、動物たちの会合はたちまち解散となった。誰もかれも、自分の寝場所へ逃げ帰った。鳥は止り木に、動物は敷きわらに——一瞬のうちに農場全体は眠りについてしまった。

第二章

それから三晩後に、メージャー爺さんは、眠っているうちに安らかに息をひきとった。その死骸は、果樹園の木の根元に埋められた。

それが三月の初めだった。続く三か月は、秘密の活動がさかんに行なわれた。メージャー爺さんの演説で、農場の頭のいい動物たちの人生観はがらりと変わった。メージャー爺さんが予告した反乱がいつ起こるのか、自分たちが生きている間に起こるかどうかもわからなかったが、それに備えるのが自分たちの義務だということだけは、はっきりとわかっていた。仲間を教育し組織するのは、動物の中でいちばん賢いとみられている豚の役目となった。その中でもすぐれていたのは、ジョーンズさんが売るために育てていた雄豚のスノーボウルとナポレオンだった。ナポレオンは、大きくて、猛々しい顔つきをしたこの農場で唯一のバークシャー種の雄豚で、弁のたつ方ではなかったが、わが道を行くとして評判だった。スノーボウルはナポレオンより陽気で口も達者、創意工夫の才もあったが、厚みに欠けるともみられていた。農場にいる他の雄豚はみな食用豚だった。なかでも有名なのは、スクィーラー（キイキイという豚のなき声）という小さな太った豚だった。スクィーラーはまんまるい頬ときらきら光る目をして、身のこなしはすばしこく、キィキィ声をしていた。彼はなかなかの演説家で、何かむずかしい議論になると、右に左にはねまわって尻尾を振り回す癖があるのだが、どういうわけかこれが説得力があり、スクィーラーは白を黒といいくるめられる奴だというものもいた。

この三匹がメージャー爺さんの教えを、思想として完成させ、それを動物主義《アニマリスム》と名づけた。週に幾晩か、ジョーンズさんが眠りこんでから、彼らは納屋で秘密会合をもち、動物主義の根本理念を他のものたちに説明した。初めのうちは、わかってもらえなかったり感動されなかったりした。なかには、「ご主人」たるジョーンズさんへの忠誠という義務を語ったり、「ジョーンズさんはわしらを養ってくださる。あの方がいなくなったら、わしら飢え死にしてしまう」などと幼稚なことをいうものもあった。また「自分が死んだあとに何が起こるかなんて、気にすることはない」とか、「どっちにしたって、いずれ反乱が起こるものならば、俺たちがそのために何をしようが関係ないさ」などというものもあった。三匹の豚は、そういう考えがいかに動物主義の精神に反するものか、彼らにわからせようとたいへん難儀した。なかでもいちばん馬鹿げた質問をしたのは、白い雌馬モリーだった。彼女がスノーボウルにした最初の質問は「反乱のあとも、お砂糖はあるのかしら」だった。「いや、なくなる」ときっぱりとスノーボウルは答えた。「この農場に砂糖を作る設備はないからね。それに、君はもう砂糖なぞいらなくなるんだ。からす麦も乾し草も好きなだけ食べていいんだからね」

「それじゃ、たてがみにリボンをつけるのはいいの」モリーはたずねた。

「同志、君がご執心のそのリボンとは、隷属のしるしなのだよ。自由はリボンよりもすばらしいものだということが、君にはわからないのかね」

モリーは、スノーボウルの答に同意はしたが、十分納得したというふうではなかった。

三匹の豚は、からすのモーゼが広めるデマに対抗するのに、もっと苦労した。モーゼはジョーンズさんの特別のお気に入りで、スパイ兼密告者でもあり、なかなか口が達者だった。彼は、動物が死んでからいく氷砂糖山という不思議な国を知っているとふれまわった。この山は空高く、雲よりちょっと上にあって、一週間七日すべてが日曜日、一年中クローバーがおいしげり、角砂糖やアマニ粕（アマニ油のしぼり粕）が生垣になっているというのだった。動物たちは、おしゃべりや告げ口ばかりで働かないモーゼを嫌っていたが、なかには氷砂糖山の話を信じてしまうものもあったから、豚たちはそんな所はどこにもないのだと説得するのに大わらわだった。

豚たちの最も忠実な弟子は、ボクサーとクローバーの二頭の馬車馬だった。この二頭は何かを自分で考えだすというのはまったくだめだったが、いったん豚を師としてからは、彼らのいうことを鵜呑みにして、いとも単純な論法で他の動物へ伝えるのだった。またこの二頭は、納屋での秘密会議には欠かさず出席し、会の終わりにきまって歌われる〝イギリスの家畜たちよ〟の音頭をとりもした。

さて、反乱は実際は、予想よりもずっと早く簡単に達成されたのであった。今まではジョーンズ氏は主人としては厳格に、農夫としては立派にやってきたのだが、最近はどうも不運が続いていた。訴訟に負けて金をなくしてからというもの、すっかりやる気をなくし、体をこわすほど酒びたりになっていた。そして何日も続けて、台所のウィンザーチェアーに座って新聞を読んだり、酒を飲んだり、ときたまからすのモーゼにビールに浸したパン屑をやったりして漫然と過ごすようなこともあった。さらに作男たちは怠け者で不正直だったから、畑には雑草、家の屋根は葺《ふ》きかえられぬまま、生垣はほったらかし、そして動物たちは食うや食わずであった。

六月になった。乾し草は刈りとりを待つばかり。土曜日、聖ヨハネ祭前夜、ジョーンズさんはウィリンドンの町へ行って、赤獅子亭《レッド・ライオン》でしたたかに飲んでしまったため、翌日曜日の昼まで戻ってこなかった。作男たちは、早朝の搾乳《さくにゅう》をすませると、動物たちに餌もやらず、野ウサギ狩りにいってしまった。さてジョーンズさんは戻ってはきたものの、新聞を顔に掛けたまま応接間のソファで高いびき。だから夜になっても、動物たちは食事にありつけなかった。

ついに、勘忍袋の緒が切れた。一頭の雌牛が角で飼料倉庫の扉を突き破ると、他の動物もみな勝手に餌箱をあさり始めた。ちょうどこのとき、ジョーンズは目をさまし、四人の作男と一緒に鞭を手に倉庫に駆けこみ、ところかまわず鞭をふりまわした。飢えた動物たちには、こんな仕打ちは我慢できなかった。前もって計画をたててあったわけではないが、動物たちは一丸となって、迫害者に飛びかかった。奴らは突然、あっちこっちから突かれるわ蹴とばされるわ……もう手のつけられない状態となってしまった。動物たちがこんな挙に出たのは初めてだった。これまで好き勝手に鞭をあてたりいじめたりしてきた動物たちのこの蜂起に、人間どもは仰天してしまった。ほんのちょっと応戦しただけで彼らはあきらめて逃げ出し、その一分後には、五人そろって、大通りへつながる荷馬車道を一目散に走って逃げ、動物たちは勇気凛々《りんりん》、追撃したのだった。

寝室の窓から一部始終を見ていたジョーンズの奥さんは、大急ぎで身のまわり品をいくつか旅行かばんに詰め、別の道で逃げだした。モーゼが止り木から飛び立ち、大きくかあかあと鳴きながら、その後を追った。動物たちはジョーンズと作男を大通りまで追いだしてしまうと、五本桟の木戸をばたんと閉じた。こうして、何が何だかよくわからないうちに、反乱は成就したのだった。ジョーンズ追放、荘園農場は動物たちのもの。

最初の数分間というもの、彼らには自分たちのあまりの幸運が信じられなかった。そしてまず最初にしたのは、奴らがどこかに隠れていないか確かめようとするかのように、一団となって農場の隅から隅までを駆け回ることだった。それから建物に急いで戻り、ジョーンズの忌わしい支配の痕跡を一掃しようとした。馬小屋の奥の馬具置場をこじあけて、くつわ、鼻輪、犬の鎖、それに豚や羊の去勢用に使われた残虐非道なるナイフなどを、井戸に放りこんだ。手綱、端綱、馬の目かくし、屈辱的なかいば袋などは、庭の燃え上がるたき火に投げこまれた。鞭ももちろん同じ運命をたどった。鞭がめらめらと燃え上がるのを見て、動物たちは喜びのあまり、はねまわった。豚のスノーボウルはさらに、市の日に馬のたてがみや尻尾を飾っていたリボンも、火に投じた。

「リボンは衣服とみなすべきで、これは人間に属する印である。動物たるものは裸で暮らすべきである」と彼はいった。

これを聞いたボクサーは、夏の間、耳にたかるハエを防ぐためにかぶっていた小さな麦わら帽子を持ち出してきて、その他もろもろと共に火に投げこんだ。

間もなくジョーンズを思い出させるものいっさいが焼き払われると、ナポレオンはみんなを飼料倉庫につれていき、いつもの二倍の量の麦、犬には二枚のビスケットを配った。それから〝イギリスの家畜たちよ〟を通して七回歌い、やっと床について、これまで経験したことのないような眠りについた。

それでも、みんなは、翌朝は今までのように明け方に目をさまし、それから、すばらしい事が起こったことを思いだして、一緒に牧場へと走り出した。少しいった所に、牧場全体を見渡せる小山があるのだが、動物たちはその小山のてっぺんに駆けのぼり、朝の澄んだ空気の中で、あたりを見まわした。そう、われわれのもの、目にはいるすべてがわれわれのものなのだ！　そう思うと、うれしくてうれしくてたまらなかった。ぐるぐる走り回り、空に跳び上がり、朝露の中を転げ回り、新鮮な夏草を口いっぱいにほおばり、黒い土くれを蹴り上げてその豊かな匂いをかぎ……。次に農場全体の視察に移って、口もきけないほど感嘆しながら、耕地や乾草畑、果樹園や池や林を眺めわたすのだった。まるでこういうものを初めて見るような気がしたし、まだ、これが全部自分たちのものだとは信じられない思いだった。

それから連れだって農場の建物の方へ戻ったが、ジョーンズさんの屋敷の戸口の前にくると黙って止まった。これだって彼らのものなのだけれど、中にはいるのがこわくもあったのだ。しかし、一瞬のためらいの後、スノーボウルとナポレオンが肩でドアを突き破り、動物たちは一列になって、何もこわさぬよう注意深く中にはいった。つま先立って部屋から部屋へ回るのだが、ひそひそ声しかたてられなかった。そして、信じられないほどぜいたくなふかふか羽根蒲団のベッドや姿見、馬の毛のソファ、ブラッセルじゅうたん、応接間の暖炉の上のヴィクトリア女王の石版画などを、一種畏怖の念をもって眺めた。階下に降りてくると、モリーの姿がなかった。戻ってみると、モリーはいちばんりっぱな寝室に居て、ジョーンズ夫人の化粧卓からブルーのリボンを取り出して肩にかけ、間抜け面をして、それを鏡に映してうっとりしているところだった。一同は彼女をこっぴどく責め、うちそろって表へ出た。台所にぶら下がっていたハムが地面に埋めるため持ち出され、流し場のビア樽をボクサーが蹴破った以外は、家の中の何にも手はつけなかった。この屋敷を博物館として保存しようということが、その場で満場一致で決議され、いかなる動物も住んではならないということに意見が一致した。

動物たちは朝食をとり、それからスノーボウルとナポレオンは再びみんなを集めた。「同志たちよ」スノーボウルは始めた。「現在六時半であります。そして、このあとに長い一日が待っています。今日は乾し草の収穫をしなければならないのですが、その前に、まずやらなくてはならない事があります」

ここで豚たちは、これまで三か月間にわたって自分たちは、ジョーンズの子供たちが使ったあとのごみ捨て場にあった古い教科書を使って、読み書きを勉強したのだとうちあけた。ナポレオンは黒と白のペンキ壺を取ってこさせてから、大通りに続く五本桟の木戸にみんなを連れていった。そしてスノーボウルが（彼のほうが字がうまかったから）、前足の指の関節の間に刷毛をはさみ、木戸のいちばん上の桟に書いてあった「荘園農場《マナーファーム》」を塗りつぶし、その上に「動物農場《アニマルファーム》」と書いた。以後、これがこの農場の名称となるわけだった。

そしてみんなで農場の建物のほうへ戻るとスノーボウルとナポレオンは梯子を持ってこさせ、大納屋の一方の壁に立てかけさせた。彼らによると、過去三か月間の学習によって動物主義《アニマリスム》の原理を七誡《しちかい》にまとめられたというのである。この七誡は、動物農場の動物たちが、これから先ずっと守っていかねばならぬゆるがざる法律として、この壁に書かれるのだった。スノーボウルはやっとのことで梯子を登って（梯子の上で重心をとるというのは豚にとって決してやさしいことではないから）、仕事にとりかかった。スクィーラーが二、三段下でペンキ壺を持って待機していた。七誡は、タール壁に、三十ヤード先からでも読めるような大きな白い字で次のように書かれた。

七　誡

1　二本足で歩くもの、すべて敵なり
2　四本足で歩くものまたは羽あるもの、すべて仲間なり
3　動物たるもの、衣服をつけるなかれ
4　動物たるもの、ベッドで眠るなかれ
5　動物たるもの、酒を飲むなかれ
6　動物たるもの、他の動物を殺すなかれ
7　すべての動物は平等なり

たいへんきれいに書けた。Friend が Freind になり、Sの一つがひっくり返った以外は、つづりはまちがっていなかった。スノーボウルがみんなのために大声で読んで聞かせるとみんなは非常に満足してうなずき、賢いものたちは七誡を暗記し始めた。

スノーボウルは刷毛を投げすてていった。「同志諸君、さあ乾草畑へいこう。ジョーンズや作男たちがしたよりも早く、刈り入れをしてしまおう、われわれの名誉にかけても」

しかしこのとき、しばらくそわそわしていた三頭の雌牛が大きな鳴声をあげた。二十四時間、搾乳されなかったので、お乳が張って耐えられなくなったのだ。ちょっと考えてから、豚たちはバケツを持ってこさせ、かなり上手に搾乳した。豚の前足は、この作業にうってつけだったのである。たちまち、泡立ったクリームのようなミルクがバケツ五杯になみなみと入り、動物たちは興味深くそれを見つめていた。

「このミルクをどうするのかね」誰かがたずねた。

「ジョーンズは、ときどきは、私たちのふすまに混ぜてくれましたよ」めんどりがいった。

「ミルクのことなんか気にするな、同志たちよ！」ナポレオンは、バケツの前に立って叫んだ。「これは何とかする。刈り入れのほうが、もっと大切なことだ。同志スノーボウルが諸君を案内する。私もすぐあとからいこう。進め、同志たちよ。乾し草が諸君を待っている」

そこで動物たちは刈り取りのために乾草畑へと行進していった。夕方、戻ってきてみると、ミルクは跡形もなく消えていた。

第三章

乾し草の刈り取りに、動物たちは汗だくになって実によく働いた。そしてその働きは、予想以上の収穫をもって報われた。

作業がたいへんなときもあった。何せ、道具はすべて人間ども用に作られているのだから動物には具合が悪く、後ろの二本の足で立たなくては使えない道具はお手上げであった。しかし、豚は賢くも、そういった困難を切りぬける道を考え出した。馬は、耕地の隅々まで知っているし、ジョーンズや作男たちよりもずっとよく刈り取りやかき集める仕事については熟知していた。豚は自らは働かなかったが、指示したり監督したりしていた。知識が一段上なのだから、彼らがリーダーシップをとるのは当然なのだった。ボクサーとクローバーは、刈り取り機《カッター》や草掻き機を自らつけ（もちろん今や手綱やくつわは存在しないが）、耕地をぐるぐると歩き、そのうしろを豚は、「ハイ、同志！」「ドウ、同志！」と叫びながらついていった。そして、どんな小さな動物もみな、乾し草の刈り取りに働いた。あひるやめんどりまでもが、乾し草を一束ずつ口にくわえてはせかせかと歩き回った。こうして、ジョーンズたちがやっていたより二日も早く乾し草刈り入れの仕事を、成しとげたのだった。おまけに、農場始まって以来の収穫量でもあった。何せ、めんどりやあひるが目を光らせて落ちている一束一束を拾い集めたのだし、ちょっとつまみ食いをする動物もいなかったからだ。

夏の間ずっと作業は順調だった。動物たちは信じられないほど幸せであった。口にするものひとつひとつが、身がきゅんとなるような幸せを感じさせた。このひとつひとつが、因業な主人からちびちびと施されるのではなくて、自分たちが自分たちのために作ったものなのだから。あの役立たずの寄生虫のような人間どもが去ってしまってからは、食糧は前より豊富になった。それに、思いもしなかった余暇も生まれた。

彼らは、またいろいろな困難にもであった。――秋、小麦の取り入れになると、この農場には脱穀機がなかったから、昔風に足で踏み、息で吹いてもみがらを吹き飛ばさねばならないようなこともあった――しかし、豚の知恵とボクサーのたぐい稀なる筋肉が問題を解決してくれた。実際、ボクサーは、みんなの賞讃の的だった。ジョーンズ支配の時代でもよく働いてはいたが、今や三頭分ぐらいの働きをしており、農場の作業全部がボクサーのたくましい肩にかかっているようなときもあった。いちばんきつい作業をしている所で、朝から晩まで、彼は押したり引いたりしていた。彼は若い雄鶏に、ほかの連中より朝三十分早く起こしてくれと頼みもした。それは一日の労働が始まる前に、たいへんなところをちょっとすませておくためであった。何かつまずいたりあと戻りするようなことが起こると、いつも彼は「わしがもっと働こう」というのだった。これが信条なのであった。

しかし、ボクサー以外も、それぞれの能力に応じて働いていた。めんどりとあひるは、小麦の取り入れのときに、落っこちた束を拾い集めて、五ブッシェル分のむだをなくした。盗むものも、割当てが少ないと不平を並べるものもなく、昔はあたりまえのことだった喧嘩や咬み合いや嫉妬もすっかり姿を消した。仕事を怠けるものもいなかった――まあ、ほとんど誰もといったほうが正確かもしれないが。実際、モリーは早起きが苦手だったし、蹄に石がはいったといっては早々と切りあげていた。猫もまたあやしかった。やらなくてはならない仕事があるときには必ず猫の姿が見あたらない。何時間もいなかったかと思うと、食事どきや仕事を終えた頃には、何事もなかったかのように現われる。それでも猫はいつも立派ないいわけをして、すてきにのどを鳴らしたりするので、彼女に悪意があったなどとは思えなくなってしまうのだった。ジョ年老いたろばのベンジャミンは、反乱以後も、ちっとも変わらないようだった。

ーンズ支配時代と変わらぬゆっくりした頑固なペースで働き、怠けもせず、頑張りもせずといった調子だった。反乱とその成果について、彼は何の論評も加えなかった。ジョーンズがいなくなって、幸せになったかとたずねられると、こう答えるのだった。「ろばっちゅうものは長生きするもんだからねえ。大体、ろばの死体なんて見たことがないだろうが」みんなは、この謎めいた答で満足するしかなかった。

日曜日は仕事はなかった。いつもより一時間おそい朝食、それから毎週欠かさず行なわれる儀式。まずは旗の掲揚。これは、ジョーンズの女房が使っていた緑色のテーブル掛けをスノーボウルが馬具小屋で見つけ、白で蹄と角を描いた旗だった。スノーボウルの解説によると、この緑はイギリスの野を表わし、蹄と角は、人類を最終的にやっつけたあとにきたるべき動物共和国を表わすものであった。旗が上がると、ミーティングと呼んでいる全体集会のために、大納屋へ向かって行進。ここで翌週の作業計画が練られ、決議案がだされ、討議する。決議案をだすのはいつも豚、ほかのものも投票のしかたは知っているが、自分たちで決議案を案出することなどできなかったのである。ナポレオンとスノーボウルは、この討議の場のひじょうに活発な論客であったが、二人の意見が一致することはまずなかった。一方が何か提案すると、他方はきまってそれに反対した。もう働けなくなった仲間のために果樹園の向うの囲い地をあけておこうという決議がなされたとき――そのこと自体には誰も反対しなかったが――でさえ、動物によってそれぞれ定年をいくつとするかをめぐって、激しい議論がなされるという調子だった。このミーティングは、〝イギリスの家畜たちよ〟の合唱で閉会となり、午後は休養のときとなった。

豚たちは、馬具小屋を本部としてとっておいた。夜になると、ここで、蹄鉄打《ていてつ》ち、大工仕事などを、住居から持ちだしてきた本をたよりに学んだ。スノーボウルはこのほかに、彼のいうところの〝動物委員会〟に、みんなを組織するのに余念がなかった。まさに倦《う》むことなき熱心さであった。めんどりのためには産卵委員会、雌牛のためには尻尾美化委員会、野生の同志再教育委員会（野ウサギや野ネズミを教化することが目的だった）、羊のためには羊毛純白化委員会、その他いろいろの組織、それに読み書き教室もあった。しかし、概して、これらの計画は失敗に終わった。たとえば、野生の同志再教育委員会は、たちまちつぶれた。野生の同志たちのふるまいは以前と変わらず、やさしく接せられればそれにつけこむといった具合だったからだ。猫もこの再教育委員会に加わり、何日間かはとても熱心に活動した。ある日なぞ、屋根の上でもうちょっとで手の届く所にいる雀にこういっていたものだ。今や、動物はみんな同志なんだから、雀のあなたたちだって私の足に止まったっていいのよ――しかし、雀たちは一インチたりとも動きはしなかった。

それでも読み書き教室は盛況で、秋までには、みんなある程度は読み書きできるようになっていた。

豚たちはもう完全に読み書きができた。犬たちもかなり読めるようになってはいたが、七誡以外のものには興味を示さなかった。山羊のミュリエルは犬よりもう少し読めるようになって、夜になると時おり、ごみ捨て場で見つけた新聞の切れはしを他のものに読んで聞かせたりもした。ベンジャミンは実は豚と同じぐらいよくできたのだが、人前でそれを見せることはなかった。何といったって、読むだけの価値のあるものはないんだからな、と彼はいうのだった。雌馬のクローバーは、アルファベットは覚えたが、単語に並べることはできなかった。ボクサーはDから先へは進めなかった。彼はその大きな蹄で地面にA、B、C、Dと書く。それから、耳をうしろに立てたり、前髪を振ったりしながらその文字を見つめ、その次にくるものを思い出そうと必死になるのだが、いつも駄目だった。E、F、G、Hまで覚えたことだってあるのだが、そうするとA、B、C、Dを忘れてしまうのだ。そこで彼は、自分はこの四文字で満足しようと決心し、一日に一回か二回は、忘れないように、この四文字を書いてみることに決めたのだった。モリーは最初から自分の名前をつづるための六文字以外を学ぼうとはせず、小枝の切れ端できれいにこの文字を作ってつづり、一、二輪の花を飾って、うっとりとそのまわりを歩き回るのだった。

農場の他の動物は、Aでおしまいだった。それに、羊、めんどり、あひるといった馬鹿な動物には、七誡の暗誦も無理だということもわかった。そこでスノーボウルは熟慮の結果、七誡はただ一つの金言、「四本足よし、二本足だめ」に縮約できると宣言した。彼によれば、これに動物主義の根本理念が含みこまれているそうなのだ。これさえよくわかっていれば、悪しき人間の影響を受けずにすむ。初め、鳥たちはこれに反対した。ちょっと見ると彼らも二本足のように見えるからだったが、スノーボウルはそうではないのだとよく説明した。

「同志たちよ。鳥の翼というものは、前進のための器官であって、作業のためではない。だから、足とみなすべきである。人間の特徴は、あの手で、あれが諸悪の根源なのだ」

鳥にはスノーボウルの用いたむずかしい言葉の意味はわからなかったが、その説明を受け入れた。こうして、どんな動物もみな、新しい金言を覚えようとした。「四本足よし、二本足だめ」は、納屋の壁、七誡の上にさらに大きく書かれた。いったん暗記してしまうと、羊などはとても気にいって、野原で寝ころがっているときなど、みんなしてメエメエと「四本足よし、二本足だめ」をくり返し、何時間にもわたって疲れを知らず叫び続けるというようなこともあった。

ナポレオンは、スノーボウルの委員会には興味を示さなかった。成人教育よりも青少年の教育のほうが、ずっと大切だというのだった。たまたま、取り入れの直後、ジェシーとブルーベルがお産をして、計九匹の元気な仔犬を生んだ。ナポレオンは、この子らの教育は私が責任をもとうといって、生まれるや否や、母犬から引き離してしまった。そして、馬具小屋の梯子でしか登れない屋根裏部屋に仔犬を隔離したので、みんなは、じきに仔犬のことを忘れてしまった。

やがて、ミルクが行方不明になった原因がわかった。毎日、豚のふすまに混ぜられていたのだ。

早生種のリンゴが熟してきて、果樹園の下草の上には風で落ちたリンゴが散らばっていた。動物たちは、当然、このリンゴは平等に分配されるものと思っていた。ところがある日、落ちたリンゴをすべて集めて、豚のために馬具小屋に持ってくるようにとの命令が下った。ぶつぶついうものもいたけれど、何の役にも立たなかった。豚たちはこのときは一致団結していて、スノーボウルとナポレオンも同じ意見であった。スクィーラーが、みんなに弁明役として派遣されてきた。

「同志たちよ！　まさかわれわれ豚が、利己心だとか特権意識で、こうしているとは思っていないだろうね。われわれのほとんどが、実は、ミルクもリンゴもきらいなのだ。私だってきらいだ。なのになぜ食べるのかといえば、ただひたすら健康のためなのだ。ミルクとリンゴは——このことは科学的に証明されているのだが、同志たちよ——豚の健康に不可欠な物質を含んでいるのだ。われわれ豚は頭脳労働者だ。この農場の運営と組織はすべてわれわれの肩にかかっている。日夜、われわれは諸君のことを見守っている。だから、われわれがミルクを飲みリンゴを食べるのも、ただただ諸君のためなのである。もし、われわれ豚が、この職務を全うできなくなったとしたらどうなるか？　ジョーンズだ！　そうジョーンズが戻ってくるのだ、同志たちよ！」

スクィーラーは右に左に跳びはね、尻尾を振り立てながら、訴えるように叫んだ。

「諸君の中に、ジョーンズに帰ってきてほしいと思っているものは、ひとりもないだろうね」

動物たちが絶対的に確信していることがあるとすれば、それは一つ、ジョーンズの帰還を望まないということだった。だから、これを突きつけられると、もういうことはなくなってしまうのだ。豚に健康でいてもらうことの大切さは、こうして明らかとなった。そこで、もう議論することもなく、ミルクと地に落ちたリンゴ（それからリンゴが実った暁にはその収穫も）を、豚の専有とすることが、決まったのであった。

第四章

夏も終わり頃までには、動物農場事件は、この地方の半域にも広まっていた。毎日、スノーボウルとナポレオンは鳩を飛ばして、近くの農場の動物と接触し、反乱のことを話し、〝イギリスの家畜たちよ〟の歌を教えようとした。

この頃、ジョーンズ氏はウィリンドンの赤獅子亭の酒場に座って、聞いてくれる人なら誰にでも、ならず者の動物たちの群に財産をのっとられ追い出されたひどい仕打ちを延々と愚痴るのだった。農場主たちは、とおりいっぺんの同情は示したものの、助けの手をさしのべようとはしなかった。心の中ではみな、このジョーンズの不幸を自分にうまく利用できないかと考えていたのだ。動物農場の両隣の農場主が旧怨《きゅうえん》の仲だったのは、実にラッキーなことだった。一方のフォックスウッド農場は広大だが放ったらかしにされた古い農場で、木が野放図に生い茂り、牧草地は疲弊し、垣もひどい状態になっていた。農場主のピルキントン氏はのんき気な旦那で、季節に応じて釣りや狩りで、毎日を楽しんでいた。

もう一方、ピンチフィールド農場は、それより小さかったが、まだましな農場だった。農場主のフレデリック氏は頑丈で抜けめのない男で、年がら年中、訴訟事件に巻きこまれており、悪どい取引をすることでも名高かった。この二人はお互いに忌み嫌っていたから、たとえ己れの利益を守るためとはいえ、二人が何かの取り決めをすることなど考えられなかった。

しかし、二人とも動物農場で起こった反乱には仰天してしまい、自分の農場の動物がこの事件によって目覚めてしまわないかとおそれた。初めのうちは、動物だけで農場を経営するなどということを、彼らはあざ笑っていた。――事態は二週間もたったら、ひっくり返るさ。荘園農場（彼らは、動物農場ではなく、依然としてこう呼び続けていた）の動物たちは内部分裂を起こして、すぐ飢え死にしちまうさ――。

ときがたっても動物たちが飢え死にしないと、二人の農場主は口調を変えて、動物農場に今はびこっている邪悪について話すようになった。――あそこではカニバリズムが行なわれているんだ、まっ赤に焼けた蹄鉄でお互いに殴りあっているんだ、それに女どもを共有しているんだ、こんなのは自然の摂理をまったく冒瀆するものじゃあないか――。

しかし、人々は、こういった話を完全に信じたわけではなかった。人間どもを追い出し、動物が自ら事を処理するすばらしい農場の噂は、おぼろげで歪められつつも段々に広まり、その年の内には、反乱の余波が近在に広まっていった。これまで従順だった雄牛は突然蛮行を始め、羊は垣を壊してクローバーをむしゃむしゃ食べ、雌牛はバケツをひっくり返した。ハンター種の猟馬は、柵をとび越えるのを拒否して騎手をふるいおとした。そして、〝イギリスの家畜たちよ〟のメロディーと歌詞は、一帯に広まった。その広まるスピードたるやまったく驚くべきものだった。人間どもは、馬鹿げた歌だと思っているふりはするものの、この歌を聞くと怒りをおさえられなかった。人間たちは、動物がどうしてこんなくだらないものを歌えるのか理解に苦しむのだった。そして、この歌を歌っているところを見つかった動物は、その場で鞭打たれた。それでも歌の勢いは衰えなかった。黒つぐみは生垣の中でうたい、鳩はにれの木でクゥクゥと鳴き、鍛冶屋のがんがんいう響き、教会の鐘の中にも歌ははいりこんでいった。人間どもは、自分たちの運命を予言する何かをこの歌の中に聞きとって、身震いするのだった。

十月の初め、小麦の刈り入れがすみ、山にして積み上げられ、一部は打穀がすんだ頃、鳩が動物農場の中庭に舞いおりた。鳩は非常に興奮していた。フォックスウッド農場やピンチフィールド農場の作男たちをひき連れて、ジョーンズと作男たちが、五本桟の木戸から農場へつながる荷馬車道をやってくるというのだ。しかも、ジョーンズ以外の者は、棍棒《こんぼう》や銃を持っていると。彼らが、農場を奪回せんとしてやってきたのは明らかだった。

これはずっと前から予期されていたことだったし、その備えもできていた。お屋敷でカエサルの戦記を見つけ熟読していたスノーボウルが、防衛隊の指揮をとった。彼がすばやく指令を出すと動物たちは各自決められた位置についた。

人間どもが、農場の建物に近づいてくると、スノーボウルは、第一陣を繰りだした。三十五匹の鳩が人間の頭上を飛び回り、その頭にふんを落とす。人間がそれにかかずらっている間に、生垣の陰に隠れていた鵞鳥《がちょう》が飛びだして、ふくらはぎを突っつく。しかし、これはちょっとした小手調べといったところで、人間はすぐに棍棒で鵞鳥を追い払ってしまった。そこでスノーボウルは、第二陣を繰りだした。スノーボウルを先頭として、ミュリエルやベンジャミンそれに羊たち全部が突進し、あちこちから角を突き立てたし、ベンジャミンは蹄で攻撃を仕掛けた。しかし、ここでも鋲を打ったブーツをはいた人間どもの方が強かった。突然、スノーボウルがきいきい声をだした。これは退却の合図だったから、動物たちはみな、踵を返して中庭へ戻っていった。

人間たちは勝ちどきをあげた。敵の敗走！　と見た彼らは、てんでんばらばらにその後を追った。これこそスノーボウルの思う壺。人間どもが中庭にはいったのを見届けると、牛舎に腹ばいになって待ち伏せしていた雌牛や豚が飛び出し、彼らの後手に回って、退路を遮断した。スノーボウルは、進軍の合図をし、彼自身はジョーンズにまっしぐらに向かっていった。ジョーンズはそれを見ると、銃口を上げ発砲した。弾丸でスノーボウルの背中からは幾筋かの血が流れ、羊が一頭死んだ。少しもひるむことなく、スノーボウルは、九十五キロの体重でジョーンズに体当り。ジョーンズは肥料の山に倒れこみ、銃がその手から離れた。最も凄かったのは、ボクサーが、種馬のように後ろ足で立って、その蹄鉄を打った大きな蹄で打ちかかる様子だった。第一撃は、フォックスウッド農場のうまや番の若僧の脳天にあたり、若僧は泥の中で息絶えた。それを見た男たちの何人かは、棍棒を放りだして逃げようとした。あわてふためいた彼らを、動物たち全員で中庭を追い回した。突っつき、蹴とばし、かみつき、踏みつけ……一匹のこらず、それぞれ得意なやり方で、人間に復讐をしたのだった。猫さえ、屋根から牛追いの肩に飛びおりて、のどに深く爪を立てると、牛追いはぎゃあぎゃあわめいた。逃げ道が見つかった瞬間に、人間どもは中庭からとびだし、大通りに向かって逃げ出していった。こうして、侵入からわずか五分で、人間たちは、鶩鳥にわめきたてられ脚を突っつかれながら、きたのと同じ道をたどって、不名誉なる退却をしたのだった。

残った人間は一人だけだった。庭にもどると、ボクサーは、泥の中にのびている若僧を仰向けにしようと蹄でこづいたが、若僧は動かなかった。

「死んじゃったんだ」

ボクサーは悲しそうにいった。

「別に殺すつもりじゃなかった。蹄鉄を打ってあることを忘れていたんだ。だけど、わざとしたんじゃないなんて、信じてもらえるかなあ」

「同志よ！　感傷的になっちゃいけない」

傷からまだ血を流しながらスノーボウルが叫んだ。

「戦いは戦いなのだ。この死んだ人間だけが、良い人間なのだ」

「たとえ人間であっても、命をとろうなんて思ってやしない」

目にいっぱい涙をたたえてボクサーはいった。

「モリーは、どこにいるの？」そのとき、誰かが叫んだ。

たしかに、モリーの姿がなかった。一瞬、みんなはびっくりしてしまった。人間どもがモリーにけがをさせたか、さらっていったのではないか？　そうではなかった。

モリーは自分の小屋で、かいば桶の乾し草に頭を突っこんで、隠れていたのだった。モリーは、発砲のあとすぐ逃げだしたのだ。ところが、一同がモリーをやっと見つけて戻ってくると、うまや番の若僧がいなくなっていた。実は気絶していただけで、意識をとり戻して逃げだしたわけである。

動物たちは興奮しきって、みな声を張り上げて、各自の手柄話をした。急遽《きゆうきよ》、戦勝祝賀会が開かれることとなった。旗の掲揚に続いて〝イギリスの家畜たちよ〟が何度も何度も歌われ、そのあと、戦死した羊の葬いがしめやかに行なわれた。お墓にはサンザシが植えられ、墓の傍らで、スノーボウルが、すべての動物は、この動物農場のために命を捨てる心構えを持てというスピーチをした。

動物たちは、「動物英雄　勲一等」という戦功章を創設することを全員一致で決議し、さっそくスノーボウルとボクサーに授与されることとなった。勲章は、馬具小屋で見つけた馬具と真鍮板でできた真鍮のメダルで、祝祭日に佩用《はいよう》されることとなった。さらに、「動物英雄　勲二等」も設けられ、戦死した羊に、死後叙勲された。

この戦いの呼称については、さんざん議論がなされたが、結局、伏兵がとびだした所をとって、「牛舎の戦い」と呼ばれることになった。ジョーンズの銃は、泥の中にまだころがっていたし、補給用の弾丸は住居の中にあることもわかっていた。そこで、銃は旗ざおの根元に大砲のように据えつけ、年に二回、牛舎の戦い記念日の十月十二日と、反乱記念日の六月十四日に、祝砲を打つことが決定された。

第五章

冬が近くなると、モリーは手に負えなくなってきた。毎朝仕事に遅れ、寝過ごしたといってあやまったり、原因不明の痛みがあるとぐちったりするのだが、食欲は相変わらず旺盛だった。さまざまな口実をつくっては仕事場から逃げだし、水のみ場へいっては、水に映った自分の姿に間抜け面で見惚れることもあった。それに、もっと深刻な噂も流れていた。ある日、モリーが中庭で、長い尻尾をひらひらさせて乾し草を食べたりしていると、クローバーがやってきて、その横に並んだ。

「モリー、ちょっとお話しがあるのよ。今朝、あなた、フォックスウッド農場との境の生垣の所に居たでしょ。ピルキントンさんの作男がひとり、生垣のあちら側にいたわね。私は遠くから見ていたんだけど、ちゃんとわかったわ。作男が何か話しかけていて、あなた、その男に鼻をなでさせていたわね。あれは一体、どういうことなの」

「そんな！　私、そんなことしていないわ。うそよ！」モリーは叫んで、跳ね回ったり、地面を蹴ったりした。

「モリー、私の顔をまっすぐに見て。作男が鼻をなでなかったと、面目にかけて誓えるの？」

「そんなの、うそよ！」モリーはいったけれど、クローバーの顔は見ていなかったし、いい終わると駆けだして野原へいってしまった。

クローバーには思いあたるふしがあった。彼女はみんなには何もいわず、モリーの馬小屋へいって、蹄で敷きわらをひっくり返してみた。すると、わらの下には角砂糖と、色とりどりのリボンの束が隠されていた。

三日後、モリーは失踪した。何週間か、その行方がわからなかったが、ウィリンドンの町で彼女を見かけたという鳩の報告がはいった。居酒屋の前に停まっていた赤と黒に塗り分けられたスマートな二輪馬車をひいていた、居酒屋のおやじらしい格子のズボンにゲートルを巻いた太った赤ら顔の男が、モリーの鼻面をなぜ、角砂糖を食べさせていた。モリーは毛並みを整えられ、前髪にはまっ赤なリボン、とっても楽しそうだった——以上が、鳩の報告だった。以来、誰ひとりとして、モリーのことを口にしなかった。

一月。厳寒の季節。地面は鉄のようにがちがちに凍り、畑仕事はむりだった。大納屋ではしょっちゅう全体集会が開かれ、豚たちは来季の作業計画をたてるのにかかりきりだった。この頃までには、他の動物より賢い豚が、農場のあらゆる問題を決裁する――ただし人民投票で承認を得なくてはならないが――というのは、もう当然のこととなっていた。スノーボウルとナポレオンの論争さえなければ、このことはうまくいくはずだったが、この両者はことごとく対立していた。一方が、大麦の作付面積を増やそうといえば、他方はいや、からす麦を増やそうといい、一方がここの畑はキャベツに向いているといえば、他方は根菜じゃなくてはと主張する、という具合で、どちらにも支持者があって、しばしば激論がたたかわされた。全体集会の席では、演説上手なスノーボウルが勝つことが多かったが、ナポレオンは合い間合い間に支持を依頼する選挙運動がうまかった。これは羊に、とくに効果があったようで、羊たちは近ごろ、何かというと「四本足よし、二本足だめ」をくり返すようになっていた。しかも、スノーボウルの演説が肝心のところにさしかかると、これを叫びだす傾向が強いようだった。

スノーボウルは、お屋敷で見つけた「農夫と牧畜家」という雑誌を何冊か仔細に検討し、改革改良案をたくさんたてた。畑の排水や、牧草の新鮮貯蔵、塩基性鉱滓《こうさい》などについて学問的に話し、動物たちが毎日違った場所で地面に直接脱糞すれば、肥料運搬の労が省けるとして、ややこしい方式を考えだしていた。ナポレオンは自ら立案はしなかったが、スノーボウルの計画はいずれ破綻するさと穏やかにいい、ときを待っているふうであった。しばしばあった彼らの論争のうちで、もっとも激しいのは、風車建設をめぐるものだった。

農場の建物からそう遠くはない牧草地に、この農場でいちばん高い小山があった。測量の末、スノーボウルはこう宣言した。——ここは風車に最適の地である。風車でダイナモを動かし、電気をひこう。そうすれば小舎に明かりはつくし、冬には暖房もはいる。丸鋸、カッター、スライサー、それに搾乳機も使えるようになる——。

この農場は旧式で、機械も旧式なものしかなかったので、動物たちはこういった機械のことを聞くのは初めてだった。だからみんなは、スノーボウルが語るすばらしい機械——何でも、野原で草を食んだり、読書やおしゃべりで教養を高めている間に、代りに仕事をやってくれるそうな——の話を、感心して聞いたのだった。

二、三週間で、スノーボウルの風車計画は完全にできあがった。機械についての細部は、ジョーンズの三冊の本、「住宅百科便覧」「あなたもレンガ積み工になれる」「初心者のための電気」にたよっていた。スノーボウルは、かつて孵化室《ふかしつ》に使われていた小舎を書斎にしていた。なめらかな木の床が張ってあって、図面を描くのに都合がいいからだった。ときによると、何時間もこもりきりになることがあった。本を開けて石でおさえをし、前足の爪の間にチョークをはさみ、興奮してぶつぶつ何かいいながら忙しくあちらこちらと動き回って次々に線を引く。しだいに設計図はできあがり、たくさんのクランクや歯車の段階にまではいってきて、床の半分以上を占めるようになった。他の動物には訳がわからなかったが、それでも何やら感動的ではあった。誰も、一日に一度はスノーボウルの設計図を見にきた。めんどりやあひるも、踏まないよう苦心しながら見て回った。しかし、初めからこの風車計画に反対していたナポレオンだけはこなかった。ある日、ナポレオンが、不意にやってきたと思うと、仔細に図を見ながら小舎をひと回りし、そして一、二度ふふんと鼻を鳴らし、ちょっとの間、横目で眺め、それからやおら足を上げて設計図に小便をひっかけ、一言も発さず小舎をでていった。

農場は、風車をめぐって真っ二つに分かれた。スノーボウルも、これが大仕事であるとは認めていた。石を切り出して積み上げて壁をつくる、羽根をつくる、それからダイナモやケーブルも要る（どこからそれらを持ってくるのか、スノーボウルはいわなかったが）でも一年以内に完成する、そうすれば労働力は節減できて、動物たちは週に三日しか働かなくていいのだ――とスノーボウルは言明した。一方、ナポレオンは、当面の問題は食糧生産を増やすことであり、風車なぞに今時間をとられていたらわれわれは飢えてしまうぞといい張った。動物たちは、「スノーボウルと週三日制を！」それから「ナポレオンとたらふく食べよう」のスローガンのもとに、二派に分かれた。ろばのベンジャミンだけがどちらの側にも属さなかった。食糧がたっぷりになるとか、風車が労力を省くとか、どちらも信じられなかったからだった。風車があろうがなかろうが、人生は今までどおりさ、つまりひどいってことだが——と、ベンジャミンはいうのだった。

風車問題以外にも、農場の防衛という問題があった。人間どもは牛舎の戦いで敗北したけれど、農場奪還、ジョーンズ復帰のために再び、しかも決然たる攻撃をしてくるだろうということは、よくわかっていた。人間どもの敗北のニュースがこの地方一帯に広がり、近隣の農場の動物たちがいっそう手に負えなくなってきていたから、再攻撃はどうしても必要なのだった。そしてここでも、スノーボウルとナポレオンの対立があった。ナポレオンによれば、武器を手に入れ、それを使えるよう訓練することが大事なこと。スノーボウルによれば、鳩をもっともっと飛ばして、近在の農場の動物たちを反乱に煽り立てることが大事なこと。一方が、自己防衛なくしては征服されるだけだといえば、もう一方は各地で反乱が起これば自己防衛など必要なくなるといいだす。動物たちは、ナポレオンのいうことに耳を傾け、次にはスノーボウルに耳を傾け、どちらが正しいのかを決めかねていた。実際、その当座しゃべっている話者に同意するというのが、彼らの常でもあったのだ。

スノーボウルの設計図がついに完成し、次の日曜日の全体集会で、風車建設に着工すべきかどうかが投票にかけられることとなった。みんなが大納屋に集まると、スノーボウルは立ち上がり、ときおり羊の鳴声に妨害されながらも、風車建設を進めるべき理由を述べた。つづいてナポレオンが応酬に立った。風車なんぞナンセンスである、誰も賛成投票してはいけない――こう静かにいいきってすぐ席についた。わずか三十秒でいい終わると、あとは演説の効果にも興味がない様子であった。スノーボウルは勢いよく立ち上がり、ぶうぶう始めようとした羊を黙らせてから、風車を擁護する熱烈なアピールを始めた。

このときまで、みんなは二派に分かれていたのだが、スノーボウルの名調子で彼らの心は決まった。自分たちの背から賤しき労働という重荷が取り除かれるその日の動物農場を、彼らは熱い思いをもって、瞼に描きだした。もう、カッターやスライサーどころではなかった。電気なのだ、電気は脱穀機も犂もまぐわもローラーも麦刈機も結束機も動かす、小舎に電灯と、水とお湯と暖房もひけるのだ！　スノーボウルの話の途中からは、もう投票の結果が見えるようだった。ここにいたってナポレオンが立ち上がった。スノーボウルの方を横目でにらんでから、彼は、誰も聞いたことがなかった高音のうなり声をあげた。

このとき、外で犬の凄まじい吠え声がし、鋲を打った真鍮の首輪をした九匹の大きな犬が、納屋に走りこんできた。犬どもはまっすぐスノーボウルに襲いかかった。スノーボウルは、席をとびのいて、かみつこうとする犬どもからやっと逃れた。そして急いで戸口から外へ走りだしたが、犬はそのあとを追う。びっくりして口もきけない動物たちは、戸口にむらがって、この追跡ゲームを見た。スノーボウルは、道路へつながる細長い牧草地を駆けていくのだが、何せ豚の足である、犬どもはどんどん幅をせばめていく。突然彼はころんだ。犬どもがつかまえたかに見えたが、スノーボウルは立ち上がると、前より速く走りだした。犬どもは再び追いついた。一匹がスノーボウルの尻尾に食いつきそうになったものの、ふり放された。そしてスノーボウルは最後のスパートをかけ、ほんの数インチ差で、生垣の穴にもぐりこみ、姿を消してしまった。

恐怖のあまり黙ったまま、動物たちはこそこそと納屋に戻った。すぐに犬たちも戻ってきた。最初のうち、この犬がどこからきたのか誰にもわからなかった。しかし謎はすぐ解けた。ナポレオンが、母親から引き離してこっそり育てていたあの仔犬だった。成犬にはなっていなかったが、巨大で、狼のように獰猛な面構えであり、ナポレオンのそばにぴったりとついていた。そして、ほかの犬たちが昔、ジョーンズにしたように、この犬たちはナポレオンに向かって尻尾を振るのだった。

犬を従えたナポレオンは、かつてメージャー爺さんが演説をした、あの演壇に登った。――日曜の朝の全体集会は、以降とりやめる、不必要で時間の浪費だからと彼はいった。今後は、農場運営のあらゆることは、私が主宰する豚の特別委員会で決める、委員会は秘密会で行ない、決定事項をみんなに伝達しよう。日曜の朝、旗をあげて〝イギリスの家畜たちよ〟を歌い、その週の仕事の命令を受ける集会はひらくが、討議はしない……。

この宣言による驚きが、スノーボウル追放のショックに取って代った。適当な論拠さえあれば抗議したいと思ったものもあったし、ボクサーですらいささか不安になった。耳をうしろへそらし、前髪を振って、彼は考えをまとめようとした。しかし、結局、言葉が見つからなかった。豚の中にすら、確固たる意見をもったものもいた。最前列に座っていた若い食用豚は、不賛成を表わす甲高い叫びをあげ、一斉に立ち上がってしゃべり始めた。すると突然、ナポレオンのそばの犬どもが、低い威嚇の唸り声をあげた。食用豚は口を閉じて、座った。そして羊が「四本足よし、二本足だめ」を、十五分近くも叫びだし、それで討論の場はなくなってしまった。

あとで、みんなにこの新しい方針を説明するよう、スクィーラーが派遣された。

「同志たちよ！　特別な労働をひきうけることで同志ナポレオンがこうむる自己犠牲について、すべての同志が、感謝するものと、私は確信する。権力の座が甘き椅子だなどと、ゆめ思うなかれ、同志たちよ！　逆に、それは重い責任の座なのだ。同志ナポレオンほど、動物はすべて平等だということを、深く信じているものはない。もし諸君が自身のことを自身で決定できるならば、どんなに同志ナポレオンは喜ぶであろうか。けれども同志たちよ、諸君は間違った決議をしないとも限らないではないか、そうしたら一体、われわれはどうなるというのだろう。われわれは、スノーボウルと、あの馬鹿げた風車に投票していたかもしれないのだ、そう、あの罪人に等しいスノーボウルをだ！」

「牛舎の戦いで、スノーボウルは勇敢だったじゃないか」誰かがいった。

「勇敢だけではだめなのだ」スクィーラーが応ずる。

「忠誠と服従こそが重要である。牛舎の戦いについていえば、スノーボウルの功績が過大評価されているとわかる日が、いつかやってくるだろう。同志たちよ、規律、規律、鉄の規律だ！　これが、今日のスローガンだ。一歩道をあやまれば、敵が襲ってくる。同志たちよ、君たちだって、ジョーンズが戻ってくることは、望まないだろうが……え？」

ここでも反論はできなかった。ジョーンズが戻ってくることは望んでいなかったから、もし日曜朝の全体集会がそれにつながるというなら、やめるしかない……。

ボクサーは、いろいろと考えたあとで、次のように考えをまとめた。「もし同志ナポレオンが、そういうなら、正しいに違いないなあ」そしてこれ以来、ボクサーは、「ナポレオンはいつだって正しい」を金言とし、さらに「わしがもっと働こう」という個人的モットーをこれに付け加えるようになった。

この頃には季節も移り、春の耕作が始まった。スノーボウルが風車の図面を引いていた小舎は閉鎖され、床に描かれた図面はもう消されたものと思われた。日曜朝十時、動物たちは集まって、その週の仕事の命令を受けた。肉がきれいに落ちたメージャー爺さんの頭蓋骨が果樹園から掘り起こされ、旗ざおの根元、銃の横に据えられた。旗を掲揚すると、納屋にはいる前に、その前をおごそかに行進することとなった。この頃になると、以前のように、みんな一緒に座ることはなくなっていた。ナポレオンとスクィーラーとミニマス――作詩作曲に才能のある豚である――が演壇の正面に、九匹の若犬が彼らを半円に取り囲み、そのうしろに豚が座る、ほかの動物は彼らと向かい合ってまん中に陣取った。ナポレオンがしわがれた声で軍隊風にその週の命令を読み上げ、〝イギリスの家畜たちよ〟を一回だけ歌うと、解散となるのだった。

スノーボウル追放から三回めの日曜日、ナポレオンが、やはり風車を作ると宣言したので、みんなはびっくりした。ナポレオンは気が変わった理由は何も述べなかった。単に、この特別な作業はつらいものであり、食糧割当を減らさねばならないかもしれないと警告するだけだった。――計画は、すでに細部に至るまでできあがっている。この三週間というもの、豚の特別委員会がこれに取りかかっていたのだ。風車およびさまざまの改良設備の建設には、二年を要すると考えられる。――

その晩、スクィーラーは、仲間たちに、ナポレオンはほんとうは風車に反対ではなかったのだと打ち明けた。むしろ、当初この計画を唱えたのはナポレオンで、スノーボウルが孵化室の床に描いていた図面は、実は、ナポレオンの書類から盗んだものだったのだ。風車は、ナポレオンの考えだしたことだったたんだ。

じゃ、何であんなに反対したんだい？　一人がたずねた。スクィーラーは、ずるそうな表情を浮かべた。そこが同志ナポレオンのうまいところなんだよ。好ましからざる危険人物スノーボウルを排除する手段として、反対しているように見せかけたというわけさ。スノーボウルがいなくなったから、これで、邪魔されずに計画を実行に移せるじゃないか。これが戦術ってものさ。

スクィーラーは陽気に笑ってはね回り尻尾を振りながら、「戦術だよ、同志！　戦術というものさ」と何度もくり返した。みんなにはこの言葉がどういう意味かわからなかったが、スクィーラーのしゃべりかたはもっともらしかったし、居合わせた三匹の犬がおどかすように唸ったので、それ以上、質問することもなく、この説明で満足したのだった。

第六章

その年の間ずっと、みんなは奴隷のように懸命に働いた。働くことが喜びだった。この労働のすべては、自分たちと後輩の動物たちのためであって、怠惰にして泥棒のようなあの人間どものためではないと、よくわかっていたからである。

春と夏は週六十時間労働、八月になると、日曜の午後も仕事をするとナポレオンが宣言した。これは原則的には奉仕《ボランティア》だったが、休むと食糧の割当が半分に減らされた。しかし、こうまでやっても、仕事は片づかなかった。それに、収穫は去年よりちょっと少なかった。早いうちに鋤き返しがすまなかったために、初夏に根菜類を植えるべき畑が二面、種播きできなかったせいである。この冬がきつくなりそうだというのは、十分予測できた。

風車建設に、予期しなかった難問が出来《しゅったい》した。農場には石灰岩の石切場もあり、砂やセメントも離れ屋にたくさんあったから、材料は手近でそろった。しかし、どうやって石を適当な大きさに砕くかという問題が残った。つるはしとかなてこを使う以外に方法はないようだったが、動物たちは後足で立てなかったから、これは使えない。何週間かむなしい努力を重ねたあとで、誰かがこう考えついた。地球の引力を利用すればいい。——大きすぎて使えなかった巨大な丸石が石切場のあちこちに転がっていた。これにぐるりとロープを巻きつけ、ロープを引けるものはすべて力を合わせ——牛に馬に羊に、そして大切なところでは豚までも参加して——、そろりそろりと石切場の頂上に引き上げた。その崖っぷちから石を落とすと、石は下で小さく砕けたのだった。いったん砕けた石を運ぶのは簡単なこと、馬は荷車をひき、羊は一個ずつ引きずり、ろばのミュリエルやベンジャミンさえも軽二輪車をひいて協力した。こうして、夏の終わりまでには石も十分集まり、豚の監督のもと、風車の建造が始まった。

しかし、これは遅々としてすすまぬ困難な作業であった。一つの巨石を頂上まで引き上げるのに、まる一日汗を流さねばならなかったし、ときによると崖っぷちから落としても砕けないこともあった。こういった作業のすべてはボクサーがいなくてはできなかった。ボクサーの力は、その他の動物すべてを合わせたぐらい強かったからだ。引き上げている最中に石が滑り落ちはじめ、引っぱっている動物も一緒にずるずると引きずられて絶望のあまり叫びをあげるようなとき、ボクサーが満身の力で綱を張って止めてくれるのだった。あえぐような早い息をして、蹄《ひづめ》の先を地面に食いこませ、脇腹を汗でぐっしょり濡らして、ボクサーが一インチずつ坂を登る姿は、みんなを感動させた。クローバーはときどき、無理しすぎないようにと忠告したが、ボクサーは聞こうともしなかった。二つの彼のスローガン、「わしがもっと働こう」と「ナポレオンはいつだって正しい」は、ボクサーにとって、あらゆる問題の答になっていた。そして、彼は、おんどりに、今度はみんなより四十五分早く起こしてくれと頼んだ。それに、近頃ではあまりないことだけれど、ちょっと暇ができると、石切場へ行って砕石を集め、たったひとりで、風車建設現場まで引きずっていったりもした。

動物たちは、重労働にもかかわらず、夏の間、調子が悪くはなかった。ジョーンズ時代より食糧が多くはなかったとしても、少ないともいえなかった。余分な五人の人間どもを養う必要がなく、自分たちのことだけでよいというのは大きかった。これで失敗するのは、なかなかむずかしいというものだ。多くの点で、動物方式は、人間方式に比べて効果的かつ労力節減ともなった。草とりだって、人間どもでは絶対無理なほど、徹底的にできた。それに、動物は盗み食いをしなくなったから、耕地と牧草地を隔てる必要がなくなり、これで生垣や門を作ったり補修する手間が省けた。

しかし、夏が過ぎるにつれて、予想しなかったいろいろなものが不足してくるようになってきた。パラフィン油、釘、綱、犬用ビスケット、蹄鉄用の鉄……どれも、農場で生産できないものだった。種子、人工肥料、いろいろな道具、そして風車のための機械も入り用となった。どうやって手に入れたらよいか、誰にも見当がつかなかった。

ある日曜日、その週の作業命令を受けるために集合すると、ナポレオンが、新しい方針を決定したと発表した。――今後、動物農場は近くの農場と取引を始める、もちろん、これは利益を目的としたものではなく、緊急に必要とされる物資を得るためである。風車の必要性は何ものにもまさるものである。乾し草と今年とれた小麦の収穫の一部、さらにもしもっと必要だったら卵も売って資金をつくる、ウィリンドンではいつも需要があるのだから。めんどりさんたちは、風車建設への特別の貢献ができるとして、この犠牲を喜ぶべきだ――と、ナポレオンはいった。

またまた、動物たちは不安になった。人間どもと取引しない、かかりあわない、金をもたない――これはジョーンズを追放した直後に決議したことではなかったのか？動物たち全員が、その決議を可決したことを記憶していた。いや、記憶している気がしているだけかもしれないが。

ナポレオンが全体集会を廃止したときに抗議したのと同じ四匹の食用豚がおずおず

と発言しようとしたが、たちまち犬どものおそろしい唸り声で黙らされてしまった。それからおなじみ、羊の「四本足よし、二本足だめ」の合唱があって、一時の気まずさは解消した。ナポレオンは前脚を上げて一同を制し、もうすべての手続きはすんでいると発表した。——誰も人間どもとの交渉の場に臨まなくてもいい、そんなこと、誰だってやりたくないだろうから、一切の重荷は私がこの双肩に担う。ウィリンドンに住むウィンスパー弁護士が動物農場と外との仲介に立ってくれて、毎月曜朝、指図をもらうためにやってくることになっている——ナポレオンは「動物農場よ永遠なれ！」で演説を終え、〝イギリスの家畜たちよ〟を歌って、みんなは解散した。

そのあと、スクィーラーが農場を回って説明し、みんなを安心させた。取引をしてはいけないとか金をもってはいけないなんていう決議は通っていない、否、提議すらされなかったんだ、と彼はうけあった。——そんなのは空想さ、もしかしたらスノーボウルがふりまいたデマかもしれんな。——それでもまだ半信半疑なものもいたが、スクィーラーは彼らに向かってぬけめなくこう尋ねた。「それが君の妄想じゃないといいきれるのかね、同志よ。決議したという記録でもあるのかい。どこかに書いてあるのかい」そういったものが書きものとして残っていないことは確かだったから、みんなは自分たちがまちがっていたということで納得したのだった。

とりきめどおり、毎月曜に、ウィンスパー氏はやってきた。彼は、ほおひげをはやしたずるそうな小男で、細々と開業している弁護士だった。しかし、動物農場には仲介人《ブローカー》が必要になるだろうし、その手数料はちょっとしたものになるということを誰よりも早く見ぬくだけの目はあった。動物たちはこの男の出入を一種おそれをもって眺め、できる限り避けようとした。それでも、四本足のナポレオンが、二本足のウィンスパー氏に指示するのを見ていると、みんなはちょっと誇らしくなったし、この新しいとりきめも悪くはないと思うようになった。

人類との関係は変化してきた。動物農場が繁栄している現在、人間どもがこれを憎む気持は減るどころか、いや増した。人間どもは、動物農場がいずれだめになること、とりわけ風車が失敗することを信じきっていた。人々は、居酒屋で顔を合わせると、風車は倒れる、いや建ったとしたって動かないさと、図を描いて話し合うのだった。それでも、心ならずも、動物たちが農場を切りもりしていくその能率のよさに、若干、敬意をいだき始めてもいたのだった。それに、ジョーンズの代表権も認めなくなった。ジョーンズは農場奪回をあきらめ、よそに移り住んでしまったからだ。ウィンスパー氏だけが、動物農場と外との接点だったが、ナポレオンが、フォックスウッド農場のピルキントン氏やピンチフィールド農場のフレデリック氏と商売を始める——しかし同時にではなく――という噂が絶えなかった。

この頃、豚たちは突然、農場主のお屋敷に移って、そこに住み始めた。ここでも動物たちは、こういうことの禁止を決議したことを思いだしたのだが、スクィーラーはそんなことはなかったとまたみんなをまるめこんだ。農場の頭脳《ブレイン》たる豚が快適な所に住むというのは、これはどうしても必要なことなんだと彼はいった。それに、豚小屋ではなく家に住むのが、指導者《リーダー》たる者（近頃、ナポレオンはこう呼ばれていた）の威厳には似つかわしくもある。

それでも、何匹かは、豚が台所で食事し、居間で憩い、ベッドで眠るということに、心おだやかではなかった。ボクサーは「ナポレオンはいつだって正しい！」でこの場をやりすごした。けれど、ベッド使用は禁止されていたのではないかと思ったクローバーは、納屋の奥へいって、そこに書かれた七誡を判読しようと首をひねった。ほんの数文字しか読めずにあきらめた彼女は、ミュリエルを連れてきた。

「ミュリエル、四番めのを読んでちょうだい。ベッドで寝ちゃいけないって書いてあるんじゃないかしら」

ミュリエルは、ようよう一字一字読み上げた。「〝いかなる動物も、シーツを敷いてベッドに寝てはいけない〟と書いてあるわ」

おかしいわね、シーツのことなんかなかったと思うのに。でも、ちゃんと壁に書いてあるのだから、そうだったわけねえ……たまたま二、三匹の犬を連れてそこを通りかかったスクィーラーがすべてをはっきりさせた。

「同志たちよ、われわれ豚が、屋敷のベッドで眠るということを聞いたね。何がいけないというのだろうか。ベッド禁止なんて規則があったとでもいうのかね。ベッドというのは、寝場所という意味にすぎん。だから厳密にいえば、小舎の敷きわらだってベッドなんだ。禁止されているのは、人間の発明したシーツである。したがって、われわれは屋敷のベッドからシーツをどかし、毛布をかぶって寝ているのである。これはすこぶる快適なんだ。しかし、同志たちよ！　われわれが担っている頭脳労働のことを考えたら、ぜいたくとはいえんだろう。まさか、われわれの休息を奪おうというのではあるまいね、同志たちよ！　任務が遂行できぬほど、われわれを疲れさせるというのではあるまいね。そうさ、誰だってジョーンズに戻ってきてほしくはないだろう」

みんな、この点にはまったく賛成だったので、豚が屋敷のベッドに眠ることについてもそれ以上、何も言わなかった。何日かたって、今後、豚はみんなより一時間遅く起きるという宣言がなされたときも、何の不満もなかった。

秋。動物たちは疲れてはいたが、幸せであった。しんどい一年を過ごしてきたし、乾し草や麦の一部を売ってしまったせいで冬に備える食糧の貯えは十分ではなかったけれど、でも風車がすべてを埋め合わせた。もう半分、できていたのだ。収穫のあとは、乾燥して晴れた日が続いた。一日中、つらい思いをして石を運んでも、それで壁が一フィートでも高く積めるならば、働きがいはあると、みんなは、いっそう精を出して働いた。ボクサーは夜も表に出て、月あかりのもとで一、二時間、自発的に働いた。動物たちは、暇があると、半分できあがった風車の周囲をぐるぐると回り、その頑丈なこと、まっすぐなことを賛美し、自分たちでこんな立派なものが作れたことにおどろきもした。ベンジャミン老だけが風車に熱狂しなかった。そしていつものように、ろばというのは長生きするものだからと謎めいた言葉を口にするだけだった。

激しく吹き荒れる南西の風と共に、十一月がやってきた。セメントをこねるには湿気が多すぎるようになって、作業は中断された。ついにある夜、大風が吹いて、農場の建物は土台から揺すぶられ、納屋の屋根瓦も何枚か吹き飛ばされてしまった。めんどりたちは、みな一斉に遠くで発砲される夢を見たために、恐怖のあまり、があがあと鳴き騒いだ。朝、動物たちは小舎からでると、旗ざおが吹き飛ばされ、果樹園の入口のにれの木が、ラディッシュのように根こそぎにされているのを目にした。これに気づくのとほぼ同時に、みんなは絶望的な叫びをのどの奥から発した。恐ろしい光景が目に映った。風車がこわれてしまったのだ。

みんなは、一斉に駆けつけた。めったに駆け出したりしないナポレオンが、先頭に立っていた。ほんとうに風車は倒れていた。あれほどの苦労の結晶が根こそぎ倒れ、砕いて運んだ石はあたり一面に散らばっていた。みんなは物もいえずに、あたりに散らばった石を悲しげに見つめるだけだった。ナポレオンは、ときおり地面をふんふん嗅ぎながら、黙っていったりきたりしていた。その尻尾はぴんと立って、右左に揺れていたが、これは集中して頭を働かせているしるしであった。突然、彼は、決意を固めた様子で、立ちどまった。

彼は静かにいった。「同志たちよ！　これは誰の責任なのだ？　夜中にやってきて、風車を倒したのは誰なのか？　そう、スノーボウルだ！」ナポレオンは雷のように吠えた。「スノーボウルのしわざだ！　われわれの計画をぶちこわし、不名誉なる追放の恨みを晴らそうとして、あの裏切者は、夜陰に乗じて忍びこみ、一年近いわれわれの努力の結晶を破壊したのだ。同志たちよ、ここに私は、スノーボウルに死刑を宣告する！　そして、奴を処刑したものには、〝動物英雄　勲二等〟と、りんご半ブッシェルを与えよう。生けどりにしたものには一ブッシェルだ」

スノーボウルでさえこんなことをするのかと、動物たちは、たいへんショックを受けた。怒りの声がわき上がり、みんなは、スノーボウルが戻ってきたら、どうやってつかまえてやろうと思いをめぐらし始めた。ちょうどその頃、小山から少し離れた草地に、豚の足跡が見つかった。その足跡はほんの二、三ヤードしかたどれなかったが、生垣の穴に向かっていることははっきりしていた。ナポレオンはその足跡をよく嗅いでから、スノーボウルの足跡だと断定した。スノーボウルはフォックスウッド農場の方からきたようだともつけ加えた。

「ぐずぐずしてはいられない、同志たちよ！」足跡を調べたあと、ナポレオンは叫んだ。

「この仕事は完成しなくてはいけない。そう、今朝から風車再建にとりかかれ、雨が降ろうが槍が降ろうが、この冬じゅう休まず働こう。そしてあの卑劣な裏切者に、われわれの仕事は、ちょっとやそっとでは破壊されないことを思い知らせてやるのだ。同志たちよ！　われわれの計画に変更はない。予定どおり完成する！　進め、同志たちよ！　風車よ、永遠なれ！　動物農場よ、永遠なれ！」

第七章

厳寒の冬。荒れた天気のあと、みぞれになり雪になり、やがて霜が厚くおりて、二月もおそくまでとけなかった。動物たちは風車再建に必死で取り組んでいた。世間がこの風車に注目していて、もし予定どおりにできなかったら、彼らをねたんでいる人間どもが、ここぞとばかり喝采するだろうと、よくわかっていたからだった。風車をこわしたのはスノーボウルではない、壁が薄くて脆弱《ぜいじゃく》だったからだと、人間どもはいっていた。動物たちには、そうでないことはわかっていたが、それでも今回は前回の十八インチでなく三フィートの厚さにすることにした。それには、石をもっとたくさん集めなくてはならないのだが。

石切場には雪が降り積もっていて、長いこと作業ができなかった。そのあとの晴れた霜の日々には、ちょっと作業もできたが、これは、何ともむごい作業であった。動物たちは、前ほど希望を持てなくなってきてもいた。いつも寒さに震えていたし、たいていお腹をすかしてもいた。でも、その中でボクサーとクローバーだけはくじけなかった。スクィーラーは奉仕の喜びと労働の尊さについてみごとな演説をしたが、みんなはそれよりも、ボクサーの力と「わしがもっと働こう」という不屈の叫びに励まされていた。

一月になると、食糧が不足してきた。小麦の割当はがくんと減り、代りにじゃがいもが配給になると発表された。ところが、じゃがいもにかかっていたおおいがあまり厚くなかったので、じゃがいもの山に霜がおりていることがわかった。じゃがいもは変色してふにゃふにゃになり、食べられるのはほんのわずかだった。食べるものといえば、まぐさと甜菜《てんさい》しかないという日が、何日も続いた。今や、飢餓は目前に迫っていると思われた。

この事態を、世間には知られないようにしなくてはならなかった。風車がこわれたことに元気づいた人間どもは、また新たなデマをとばし始めていた。動物たちは飢えと病気でみんな死にかけているとか、内部抗争がはげしく、共食いや幼児殺しが横行しているとか……食糧事情の実態が知られたらどんなにまずいか、ナポレオンにはよくわかっていた。彼はそこで、ウィンスパー氏を逆宣伝に利用することにした。今まで動物たちは、ウィンスパー氏の毎週の訪問に、ほとんど無関係だったが、これからは、羊を中心に何匹か選ばれた動物が、食糧の割当量がふえていると、何となく彼に聞こえるようにいえと指示された。さらに食糧倉庫にあるからの飼料箱をふちのぎりぎりまで砂を詰め、表面だけを穀物やひき割りでおおうようにも指示された。そして、適当な口実をつくってウィンスパー氏を食糧倉庫に案内し、飼料箱が目にはいるように細工したところ、彼はまんまとだまされ、動物農場では食糧不足なんてないと世間にふれてまわった。

一月末になると、どうしても、どこかから穀物を調達してこなくてはならなくなった。この頃になるとナポレオンはめったに姿を見せず、ずっと屋敷に閉じこもっていた、しかも屋敷のドアというドアには獰猛な面構えの犬が見張っていた。ナポレオンがいよいよ姿をあらわすというときには、しゃちほこばって六匹の犬がぴったりと彼のまわりを囲み、誰かが近寄ろうとすると唸り声をあげるのだった。日曜朝の集会に姿を見せないこともしばしばで、そういうときは手下の豚の誰か、たいていはスクィーラーを通じて命令を伝達していた。

ある日曜日、スクィーラーは、再び卵をうみはじめためんどりに命令した。――卵をひきわたすこと。ナポレオンは、ウィンスパー氏を通じて、週に四百個の卵を出荷する契約をすでに結んだ。この収入で、夏がきてしのぎやすくなるまで、農場がやっていけるに十分な穀物や食糧を買える——というのだ。

これを聞いためんどりは、すさまじい声をあげた。かねて、こうなるかもしれないという警告は受けていたものの、まさかと思っていたのだった。彼女たちは春に孵《かえ》る卵をもう抱いていた。今、その卵を取り去るのは殺人行為だというのだった。ジョーンズ追放以来初めて、反乱らしきものが勃発した。三羽の若い黒ミノルカ種のめんどりの指導の下に、めんどりたちはナポレオンの野望を挫かんと決然と行動を起こした。その作戦は、たるきに飛び上がってそこで卵を生み、下に落として割ってしまうというものだった。ナポレオンは敏速かつ冷酷に対処した。——めんどりには食糧はやらない、めんどりに一粒でも食糧を分けてやったものは死刑に処する。この命令が守られているかどうか、犬が監視する。

めんどりたちは五日間、がんばった後、降伏して巣へ戻った。その間、九羽のめんどりが亡くなった。その遺体は果樹園に埋められ、コクシジウム症による死と発表された。ウィンスパー氏はこの事件のことを何も知らず、相変わらず食料品屋の馬車が週に一度農場にやってきて、卵を集めていった。

こういった間じゅう、スノーボウルの姿は見かけられず、近くのフォックスウッド農場かピンチフィールド農場あたりに姿を隠しているのだろうともいわれていた。また、この頃になると、ナポレオンと近隣の農場主たちとは、以前よりいくぶん友好的な関係になっていた。

農場の中庭には、十年前にぶなの木立ちを伐りはらったときの材木の山があった。これはよく乾燥していたので、ウィンスパー氏はこれを売るようナポレオンに勧めた。ピルキントン氏もフレデリック氏もほしがっていますよ——どちらに売ろうか、ナポレオンは決心がつきかねた。フレデリック氏と契約しようとするとそのフォックスウッド農場にスノーボウルが隠れているといわれ、ピルキントン氏に心が傾くとピンチフィールド農場にいるといわれるのだった。

早春の頃、突然、驚くべきことが判明した。スノーボウルは夜、しょっちゅうこの農場にきていたのだ！　動物たちはすっかりおびえてしまって、自分の小舎でもおちおち眠れないほどだった。スノーボウルは毎晩やってきて、ありとあらゆる悪さをしているといわれた。小麦を盗み、ミルクのバケツをひっくり返し、卵を割り、苗床を踏みつけ、果物にかじりついているのだ。こうして、何かまずいことが起こるとスノーボウルのせいにするのが普通のことになった。窓がこわれる、水路が詰まる——スノーボウルが夜忍んできてやったんだと誰かがいう。食糧倉庫の鍵がなくなったときも、みんなは、スノーボウルがそれを盗んで井戸に投げこんだと信じた。ひき割りとうもろこしの袋の下から置き忘れていた鍵が見つかった後でさえも、みんなはそう信じこんでもいたのだが。雌牛たちは、スノーボウルが小舎に忍びこんできて、眠っているうちに搾乳してしまったと口をそろえていった。冬の間手におえなかったネズミの行状も、スノーボウルがぐるなのだといわれた。

ここにおいて、ナポレオンは、スノーボウルの罪状を綿密に調査することを決めた。彼は犬たちを従えて農場の建物を視察し、他のみんなは三歩下がって、ぞろぞろとついて歩いた。二、三歩進むたびにナポレオンは立ちどまってスノーボウルの足跡をたどろうと、地面にふんふんと鼻を近づけた。スノーボウルの匂いなら嗅ぎ分けられるというのだ。彼は、納屋、牛小舎、鶏小舎、菜園、どこにでもスノーボウルの痕跡を見つけた。鼻先を地面にくっつけ、何回か深く鼻をふんふんさせ、叫ぶ。「スノーボウルだ！　奴はここにいたんだ！　私にはよおくわかるぞ！」「スノーボウル」という言葉が出ると、犬たちはみな、血も凍えるような唸り声をあげ、牙をむきだすのだった。

動物たちは、本当にびっくりした。スノーボウルは、目に見えない力であって、みんなの頭上に空気のようにおおいかぶさり、ありとあらゆる危害を加えんとねらっているような気がしてきた。夜スクィーラーはみんなを招集した。そして、あわただしく、重要ニュースがあると告げた。

　気ぜわしく跳ねながらスクィーラーは叫んだ。「同志たちよ！　最悪のことが判明した。スノーボウルは、今もわれわれを攻撃してこの農場から追い払おうとしているピンチフィールド農場へ身売りしたのだ。そして次の攻撃のときにはスノーボウルが先導役となるはずだ！　しかし、もっと悪いことには、われわれはこれまで、スノーボウルはおのれの邪悪と野心から謀反したと思っていたのだが、実はそうではなかったのだ。奴は、何と、そもそもの初めからジョーンズとぐるだったのだ！　奴はジョーンズの秘密諜報部員だった。たった今見つかった奴の残していった記録で、これらいっさいが露見したわけだ。同志たちよ、これでずいぶんのことに説明がつくじゃないか。牛舎の戦いで、奴が一所けんめい敗北へとわれわれを導いていったこと――幸いそのもくろみは成功しなかったが――の様子は、みんな見ていただろう」

　みんなは、あっけにとられた。そりゃあ、風車を壊すより、もっとずっとひどいことだ。しかし、みんながこの話を十分のみこむには時間がかかった。牛舎の戦いでスノーボウルが率先して戦ったこと、いつでもみんなを鼓舞したこと、ジョーンズに銃で撃たれても一瞬たりともひるまなかったことなどをみんなは覚えていた。または覚えているような気がした。このことと、ジョーンズとぐるだったということがどう一致するのだろう。ボクサーは、めったに質問をしないのだが、当惑してしまった。彼は前脚を体の下に折り曲げて座り、目をつむって、考えをまとめようと必死になった。

「そんなことは信じられんが」と彼はいった。「牛舎の戦いで、あいつは勇敢に戦ったよ。わしはこの目で見たんだ。そのあとですぐ、〝動物英雄　勲一等〟をあいつにやったじゃないか」

「それは、過ちだったよ、同志。発見したばかりの秘密文書に書いてあるからわかったのだが、本当は、奴はわれわれを破滅へおびき寄せようとしていたのだ」

「だが、あいつはけがしたじゃないか。血を流しているのを、みんな見たじゃないか」

「あれは、あらかじめ打ち合わせてあったんだ！」スクィーラーは叫んだ。「だから、ジョーンズの撃った弾丸は、奴をかすめただけじゃないか。それもみんな、奴が書いている。誰か字が読めれば見せてやるんだが。いよいよというときにスノーボウルが退却の号令を発して、敵に戦場を明けわたす、という筋書だったんだ。それも、もう少しでうまくいくところだった。そう、同志たちよ、うまくいっていたはずなんだ、もしわれらの英雄的指導者、同志ナポレオンがいなかったならば。ちょうどジョーンズたちが庭になだれこんできた時、スノーボウルが突然、回れ右をして逃げ、みんながその後を追ったことを覚えているだろうね。それと、みんながパニックに陥ってしまってもうおしまいだと思われたとき、同志ナポレオンが『すべての人間に死を！』と叫んで飛び出し、ジョーンズの足にがっぷりかみついたことを。同志たちよ、忘れてはいないだろうね」スクィーラーは右に左に跳びはねながら、叫んだ。

スクィーラーが目に見えるように様子を描写してみせたので、みんなは、そんなことがあったような気がしてきた。あの戦いで大事な瞬間に、スクィーラーが逃げようとしたことだけは、みんなが覚えていた。でも、ボクサーはまだ合点のいかぬふうだった。

「初めからスノーボウルが裏切者だったとはわしには信じられん」ボクサーは結論を下した。「そのあとにやったことは、別問題だ。牛舎の戦いのときには、あいつは立派な同志だったよ」

「われらが指導者、同志ナポレオンは」

ゆっくりと決然とスクィーラーがいった。「断言された。同志よ、断言されたのだぞ。スノーボウルは、最初から、ジョーンズの手下だったと。そう、反乱を思いつくずっと前からだと」

「ああ、ならば話はちがってくる」ボクサーはいった。「同志ナポレオンがそういわれるなら、それが正しいんだ」

「同志よ、それが肝心なことだ」スクィーラーは叫んだが、小さな目で、とても険悪な目つきでボクサーを見やったのがみとめられた。彼は戻りかけてから、足を止め、重々しくつけ加えた。

「この農場のあらゆる動物諸君にいっておくが、目をしっかり見ひらいていたまえ。今このときにも、スノーボウルの手先がわれわれの中に潜入していると思われるふしがあるのだから」

四日めの午後、ナポレオンはみんなを庭に集めた。みんな集まったところで、ナポレオンは屋敷からでてきた。二つの勲章（近年、彼は〝動物英雄　勲一等〟と〝動物英雄　勲二等〟を自ら叙勲していたから）を佩《は》き、彼のまわりでは九匹の犬が尻尾を振り、背筋を凍らせるような唸り声をあげていた。

ナポレオンはすっくと立ってみんなを見回し、高く鼻を鳴らした。たちまち犬どもが飛び出して、痛さと恐れのあまり鳴きわめく四匹の豚の耳をくわえてその足もとに引っ張っていった。豚は耳から血を流していた。犬どもは血の味を知って、しばらく気が狂ったようになった。そしてびっくりしたことに、うち三匹がボクサーにかかっていった。ボクサーはそれを見てとると、大きな蹄を前に出して中空で一匹の犬を捕まえ、地面にがっちりとおさえつけた。犬はあわれみを乞うてきいきい鳴き、他の二匹は尻尾を巻いて逃げだした。ボクサーは、この犬を叩きつぶそうか、放してやろうかと、ナポレオンの顔を見た。ナポレオンは顔色を変えたようだったが、犬を放すよう命じた。ボクサーが犬を放してやると、犬は傷ついたままこそこそと逃げて行った。

すぐに騒ぎはおさまった。うしろめたさが表情からはっきり読みとれる四匹の豚は、震えていた。ナポレオンが、豚たちに自白するよう命令した。この四匹は以前、日曜朝の全体集会廃止に反対したあの豚たちで、彼らは間もなく、スノーボウル追放以来、彼と接触していたこと、風車破壊を手伝ったこと、動物農場をフレデリック氏に引きわたす会議に加わったことを告白した。何年間にもわたってジョーンズの手先となっていたことをスノーボウルは内密に認めているともいった。告白が終わるやいなや、犬どもが豚ののどを引きさいた。ナポレオンは恐ろしい声で、ほかに白状する奴はないかといった。

卵騒動を企んだ張本人の三羽のめんどりが歩み出て、スノーボウルが夢にあらわれて、ナポレオンの命令にそむくようそそのかしたと主張した。そして彼女らも殺された。鵞鳥が進み出て、去年の収穫から小麦を六穂ほど隠して、夜中にこっそり食べたと白状した。一匹の羊は、水のみ場に小便をした、それもスノーボウルにそそのかされたからだと告白した。別の二匹の羊は、ナポレオンの熱心な支持者であった老雄羊が咳こんでいるときに、焚火のまわりをぐるぐる追いかけ回してついに殺してしまったと告白した。そして、みんな、その場で即刻、処刑された。

このように告白と処刑が続き、ナポレオンの足もとには死体が山と重なり、空気は血なまぐさくどんよりしてきた。ジョーンズ追放以来、なかったことだった。

いっさいが終わると、豚と犬以外の残った動物たちは、かたまって、こそこそとその場を立ち去った。彼らは動揺し、みじめだった。スノーボウルとぐるになっていた仲間の裏切りと、目の前で行なわれた残虐な報復、どちらがショックなのか、わからなかった。昔だって、これと同じような恐ろしい流血沙汰はあった。でも、今、起こったことは、それよりずっとひどいんじゃないか、何せ、仲間内で起こったことなのだから。ジョーンズが農場を去って以来今日まで、仲間の動物を殺したものはなかった。ネズミでさえ殺されなかった。

動物たちは半分だけできあがった風車のある小山へいき、暖をとろうとするように体をくっつけあって横になった。クローバーもミュリエルもベンジャミンも雌牛も羊も鵞鳥もめんどりも、ナポレオンが集合をかける直前に姿を消していた猫以外は全員だった。しばらく、誰も口をきかなかった。ボクサーだけが立っていた。せかせかと動き、長くて黒い尾を脇腹にひゅっと打ちつけ、ときおり驚きの呟きをもらしていたが、最後に彼はいった。

「わしにはわからない。この農場に、こんなことが起こるなんて信じられんよ。わしらがどこかまちがっていたからにちがいない。もっと働くことだ。これからは、一時間早く起きることにしよう」

そして彼は重々しく石切場へと向かった。彼は、夜寝る前に、二回ほど石を集め、風車まで引きずっていった。

動物たちは口もきかず、クローバーのまわりに集まった。みんなが横になっている小山からは、農場全体が見渡せた。大通りまで続く細長い牧草地、乾草場、やぶ、水のみ場、芽を出した若い麦の緑におおわれた畑、煙をえんとつから吐きだしている建物の赤い屋根――動物農場は一望のもとにあった。晴れた春の夕暮で、草や若草の生垣は、夕陽で金色に輝いていた。これまでこの農場――なんと隅から隅まで自分たちの農場だったのだとみんなは、びっくりしながら思いだしたのだが――が、これほどすてきに見えたことはなかった。丘を見おろすクローバーの目は涙にあふれていた。もし思いを口に表わせたならこういったであろう。何年か前、人類を倒せと動きだしたとき、私たちが目ざしていたのは、こんなことじゃなかったはず……と。さっき見た恐ろしい虐殺は、メージャー爺さんが初めて反乱を煽ったときに、みんなが夢見たことではなかったはず……私がどんな未来を思い描いていたかといえば、私たち動物が飢えと鞭から解放され、みな平等で、その能力に応じて働き、メージャー爺さんの演説のあの夜、私があひるの子たちを前脚にかかえこんだように強き者が弱き者を守る、そんな社会だったはずだ。なのに、今や、あの恐ろしく唸る犬たちがのしまわり、仲間たちがショッキングな罪を告白したあとでずたずたに引きさかれる姿を見たあとでは、誰も思っていることを口にできないというような事態になってしまった。でもクローバーは反乱とか不服従なんてことは考えなかった。たとえこんな状況でもジョーンズの時代よりはずっといいのだ――、だから何としたって人間どもの復帰は防がなくてはならないのだ――、それだけはよくわかっていた。どんな事があろうと、忠実で勤勉で、与えられた命令を実行し、ナポレオンを指導者と戴こう。だけど、私にしてもみんなにしても、こんなことを願いもしなかったし、こんなことのために働いてきたはずじゃない。風車を建てたり、ジョーンズの銃口に立ち向かったのだって、こんなことのためじゃなかった。うまくいい表わせなかったが、彼女はこんなことを考えていた。

言葉をさがせないまま、これならどうにか気持を表わせるのではないかと、クローバーは〝イギリスの家畜たちよ〟を歌い始めた。座っていた他のみんなもすぐに加わって、彼らは三回繰り返した。たいへん上手だったけれども、ゆっくりと悲しげで、今までになかったような歌いかただった。

ちょうど三回めを歌い終わったとき、二匹の犬を連れたスクィーラーが、何か重大発表があるような様子でやってきた。彼は、同志ナポレオンの特別命令により〝イギリスの家畜たちよ〟は禁止されたと宣言した。以降、歌ってはならぬ。

みんなは、びっくりした。

「どうして?」ミュリエルが訊いた。

「同志よ、もう必要がないからだよ」スクィーラーがいかめしくいった。「〝イギリスの家畜たちよ〟は反乱のための歌である。しかしながら、反乱はもはや成就した。今日の午後の裏切者の処刑が、その最終段階だったのである。外なる敵も内なる敵ももう打ち破った。〝イギリスの家畜たちよ〟は、きたるべき良き社会を待ち望む歌だが、今やその社会は確立されたのだ。だから、この歌にはもう意義はないではないか!」

みんなはびっくりした。抗議しようとするものもあった。しかし、羊がお得意の「四本足よし、二本足だめ」を始め、それが数分間も続いて、あらゆる議論に終止符を打つこととなった。

こうして〝イギリスの家畜たちよ〟は、もう聞かれなくなった。その代りに詩人のミニマスが、

「動物農場よ　動物農場よ
我がために　汝は傷つくことなかれ」

で始まる歌を作った。そして日曜ごとの旗の掲揚のあと、この歌が歌われるようになったが、歌もメロディーも、〝イギリスの家畜たちよ〟には及ばないように、みんなには思えた。

第八章

二、三日たって処刑の恐怖が静まると、動物のなかには、七誡の六つめの戒めとは「いかなる動物も他の動物を殺してはいけない」というのだったことを思いだした、いやそんな気がしてきたものもあらわれた。豚や犬に聞こえる所では誰もわざわざ口にはしなかったが、あの殺りくは、この戒めにもとるものだと感じていた。クローバーは、六つめの掟を読んでくれとベンジャミンに頼んだが、ベンジャミンはかかわり合いになりたくないと断わった。そこでクローバーはミュリエルを連れてきて掟を読んでもらった。「いかなる動物も、理由なくして他の動物を殺してはいけない」どういうわけか、一節、みんなの記憶が欠落していたのだ。じゃあ、掟に反したというのではないわけだ。スノーボウルとぐるになった裏切者を殺すというのは、立派な理由なのだから。

その一年間、動物たちは前の年よりも、もっと懸命に働いた。通常の農場の作業もしながら、予定の期日までに、以前より二倍も厚い壁の風車を再建するというのは、たいへんきつい労働だった。ジョーンズの時代よりもずっと長い時間働いているのに、食物はあの頃と同じぐらいだと思えるときもあった。

日曜の朝、スクィーラーは前足に細長い紙切れをはさんで、いろいろな食糧の生産が以前の二百パーセント、あるいは三百パーセントとか五百パーセントに増加したことを示す数字を読み上げるのだった。動物たちは反乱以前のことはもう忘れていたので、彼のいうことを疑う理由もなかった。とはいえ、数字はどうでもいいから、もっと食べたいと思うこともあった。

命令はすべて、スクィーラーか他の豚から伝達されるようになった。ナポレオンがみんなの前に姿を見せるのは、二週間に一度あるかないかであった。姿を見せるときは従者として犬だけでなく黒いおんどりも連れるようになった。おんどりはナポレオンの前を歩いて、彼が演説する前にはコケコッコーと、ラッパ手のように鳴くのだった。お屋敷でも、ナポレオンは、みんなとは別に住んでいるという話だった。二匹の犬をはべらせて食事も別にとるそうだし、居間の食器戸棚にあったクラウン・ダービーの食器を使っているという話もあった。他の二回の記念日と同じように、ナポレオンの誕生日にも礼砲がうたれることが決められた。

もうナポレオンを単に名前だけで呼ぶようなことはなかった。公式に「われらの指導者、同志ナポレオン」と呼ばれたし、豚はナポレオンのために「すべての動物の父」「人間に脅威を与える者」「護羊卿」「子あひるの友」といった称号を考えだすのが好きだった。スクィーラーは、ナポレオンの聡明さ、善良なる心、いまだに無明で隷属状態にある他の農場の動物も含めてあらゆる動物への彼の深い愛情を涙を流して演説するのだった。輝かしい業績と幸運なできごとは、すべてナポレオンのおかげとするのが、常のこととなった。めんどりはこういったものだ。「われらが指導者にして同志たるナポレオンのおかげで、私は六日間に五個、卵をうみました」水のみ場で二匹の雌牛が叫ぶ。「われらが指導者にして同志たるナポレオンのおかげで、この水は何ておいしいんでしょう」

農場のこういった雰囲気はミニマスが作った「同志ナポレオン」という次のような詩に、よくあらわされていた。

「父なきものの友よ！
幸せの泉よ！
残飯バケツの主よ！
おおわが魂は

穏やかにして凛とした、太陽のごとき
汝の瞳を見つめて
炎と燃えるよ
おお　同志ナポレオン！
汝の創りたまいしものが望むものすべてを
汝は与えるなり
日に二度の満腹と　寝るに清潔なるわらと
汝がすべてを見守るなか
生けるものはみな
その寝床で安らかな眠りにつく
おお　同志ナポレオンよ！

我に乳呑み豚ありせば
一パイントびんかのし棒の大きさに
育つその前に
汝に忠実にして正直なることを

学ばしめん
その最初の鳴声たるや
同志ナポレオン！」

ナポレオンはこの詩を嘉《よみ》せられたので、大納屋の壁、七誡の向い側にこの詩は書かれた。その上には、スクィーラーが白ペンキでナポレオンの横顔を描いた。

一方、ウィンスパー氏を通して、ナポレオンはフレデリック氏、ピルキントン氏とこみいった取引をしていた。木材の山はまだ売っていなかった。二人のうちでは、フレデリック氏の方がほしがっていたのだが、十分な値をつけなかったためだ。それに、フレデリック氏と作男たちが、動物農場を襲撃して彼らの嫉妬の原因である風車をこわそうとしているという噂がまた伝わってもいた。スノーボウルはピンチフィールド農場にひそんでいるとされていた。

夏の半ば、三羽のめんどりが進み出て、スノーボウルにそそのかされてナポレオン暗殺の陰謀に加わったと告白したことは、みんなを驚かせた。彼女らは即刻処刑され、さらにナポレオンを守るための新たな布告が発せられた。夜は四匹の犬がベッドの四隅を護衛し、ピンクアイという若い豚が彼の食物を前もって毒味する役に任じられた。

この頃、ナポレオンが木材をピルキントン氏に売ることが発表され、さらに動物農場とフォックスウッド農場は恒常的に農産物の取引をする協定を結ぼうとしていた。ウィンスパー氏を通してではあったが、ナポレオンとピルキントン氏は今や友好的といってもよい関係だった。動物たちは、ピルキントン氏が人間だから信用していなかった。でも、恐れ憎んでいるフレデリック氏よりはずっといいと思っていた。

夏が過ぎ、風車が完成に近づくと、人間の襲撃がさしせまっているという噂も強くなっていった。フレデリックは銃で武装した二十人の男を使って襲撃をかけるとか、もう治安官や警察を買収してあるので権利さえ手に入れれば、おとがめはない手筈になっているとかいう噂も伝わった。それに、フレデリックが自分の農場の動物にひどい仕打ちをしているという恐ろしい話も伝わってきた。老馬を鞭打って死なせ、雌牛を飢えさせ、犬を暖炉に投げこんで殺し、夜にはおんどりのけづめにかみそりを縛りつけてそれで闘わせるという具合だった。仲間に対するこのような仕打ちを聞くとみんなの血は怒りで煮えたぎった。そして、大挙してピンチフィールド農場を襲撃して人間どもを追い出させてくれと、しつこく要求した。そんなとき、スクィーラーは、無鉄砲な行動はやめて、同志ナポレオンの策略を信頼せよと忠告するのだった。

にもかかわらず、フレデリックへの反感は高まる一方だった。ある日曜日、ナポレオンは納屋にやってきて、自分はフレデリックに材木を売ろうとしたことは一度もないと釈明した。あんなならず者と取引するなんて体面を汚すことではないかとも言った。反乱の報せを広めるために飛ばされていた鳩は、フォックスウッド農場に寄ることを禁じられ、これまでの「すべての人間に死を」のスローガンを「フレデリックに死を」に代えるよう命令された。

夏の終わりに、スノーボウルのまた別の陰謀が露見した。収穫した小麦には雑草がいっぱい混っていたのだが、これも、スノーボウルが夜ごとの訪問の際、小麦の種子に雑草の種子をまぜていたせいだとわかったのだ。この陰謀に加担した一羽の雄鵞鳥は、ナポレオンに罪を告白してから、有毒なイヌホオズキをのんでその場で自殺した。ここにいたって動物たちは、自分たちが今まで信じていたのとはちがって、スノーボウルは〝動物英雄　勲一等〟を受けたことなどないのだと知った。そんなのは、牛舎の戦いのあとでスノーボウル自身がいいふらしたことにすぎない。勲章どころか、戦闘で卑劣だったために譴責《けんせき》処分さえされていたのだ。ここでもまた首を傾《かし》げるものがいたが、スクィーラーがすぐに、それはみなの記憶ちがいなのだと納得させたのである。

秋。収穫とほぼ同時だったので、血のにじむような努力の末に、風車が完成した。

機械の取りつけはまだで、ウィンスパー氏が購入交渉にあたっていたが、骨組は完成した。さまざまな困難、無経験、旧式な道具、不運、それにスノーボウルの裏切りなどにもかかわらず、風車は予定日にぴたりと完成したのだ。疲れきってはいたけれども誇らしく、動物たちは自分たちの傑作のまわりをぐるぐると歩き回った。彼らの目には、それは最初のよりずっと立派に見えた。壁の厚さは、前の二倍もあるのだ。爆破でもしない限り、これを倒すことはできまい。どんなに懸命に働いたか、幾たびの挫折を乗り越えてきたか、そしてこの羽根がまわってダイナモが動いたら自分たちの生活がどんなに変わることか……そう考えると、疲れは消え去り、みんなは勝利の叫びをあげながら風車のまわりをとびはねた。

そこへ、犬とおんどりを従えて、ナポレオンが視察にやってきた。彼は動物たちにこの偉業達成のお祝いを述べ、この風車をナポレオン風車と名づける旨を宣言した。

二日の後、動物たちは特別会議のため、納屋に招集された。そこで、フレデリック氏に木材を売却したとナポレオンが宣言したときには、みんなは驚きのあまり口もけなかった。明日、フレデリック氏の荷馬車が材木を運びにやってくる。ナポレオンは、表面上はピルキントン氏と友好関係にあるように見せ、実はフレデリック氏と秘密協定を結んでいたのだ。

フォックスウッド農場とは絶交だった。ピルキントン氏を侮辱するメッセージを鳩は届けた。鳩はピンチフィールド農場に寄ることを禁じられ、スローガンも「フレデリックに死を」から「ピルキントンに死を」に変更された。また、彼らが動物農場を襲撃するというのはまったくのデマである、フレデリック氏が動物を虐待しているという噂もとてつもなく誇張されていると、ナポレオンはいいきった。こういった噂は、スノーボウルとその手先が作りあげているのだろう。スノーボウルはピンチフィールド農場に隠れてはいない、今までだって隠れていたことなどないというのが、今や明らかになった。噂によると、彼はフォックスウッド農場でぜいたくに暮らしていて、何でもピルキントン氏から何年間も年金を受け取っていたというのだ。

豚たちは、ナポレオンの抜けめのない手際に有頂天になった。ナポレオンは、ピルキントン氏と友好関係にあるように見せかけることで、フレデリック氏に十二倍もの値をつけさせたからだ。しかしナポレオンのすぐれているところは――とスクィーラーはいった――誰をも、フレデリックすらも信用はしないということにあるのだ。フレデリックは木材の支払いに、何でも小切手とやらいう細長い紙きれを使い、そこに書かれている約束ごとでお金が払われるというふうにしようとした。でもナポレオンは賢かった。彼は木材の引き渡しに先立って、五ポンド紙幣で前払いするよう要求した。フレデリックはもう金を払った。その金額でちょうど風車につける機械が買えるのだった。

木材は、大急ぎで荷馬車で運ばれていった。木材がすっかりなくなると、フレデリックの紙幣を調べるための特別会議が納屋でもたれた。ナポレオンは演壇の上にしつらえたわらのベッドに横たわって満足そうにほほえみ、そのかたわらには、お屋敷の台所から持ってきた陶器の皿に、紙幣がきちんと重ねてあった。動物たちは一列になって、その脇をゆっくりと通り、思う存分、紙幣を見つめた。ボクサーが紙幣の匂いをかごうと鼻を突き出してふんふんやると、この薄っぺらい白いお札は、その鼻息であおりたてられ、かさこそいった。

大騒ぎは三日後に起こった。ウィンスパー氏が、まっ青な顔で、自転車を走らせてきて、中庭で乗り捨てたままお屋敷へ走りこんだのだ。次の瞬間、すさまじい怒りの叫びが、ナポレオンの部屋から響き渡った。ニュースは、野火のように農場に広まった。あの札は、ニセ札だった！　フレデリックは、ただで材木をだましとったのだ！

ただちにナポレオンは動物たちを集め、すごみのある声でフレデリックに死刑を宣告した。もし捕まえたなら釜茹でにしてくれよう、と彼はいった。と同時に、このような詐欺が行なわれた以上、最悪の事態が予測されるとも警告した。いつ、奴らは、待ちに待った攻撃を仕掛けてくるかもわからん。

農場につながる道にはすべて見張りが立てられた。そして四羽の鳩が和解を求めるメッセージを携えてフォックスウッド農場へ派遣された。これで、ピルキントン氏と友好関係を取りもどそうとしてのことだった。

何とその翌朝、攻撃は仕掛けられた。みんなが朝食の席についていたとき、フレデリックたちが五本栈の戸口を突破したと見張りが知らせに駆けこんできた。動物たちは勇敢に迎えうったが、今度は、牛舎の戦いのように簡単に勝利を収めることはできなかった。男は十五人、その半分は銃を持っており、動物が五十ヤードにまで近づくと、さっそく発砲した。炸裂音と体につき刺さる弾丸には動物たちも耐えきれず、ナポレオンとボクサーの懸命の鼓舞もむなしく、間もなく退却となった。何匹かはすでに負傷していた。みんなは建物に避難し、板の割れ目や節穴から注意深く外の様子を窺った。風車も含めて牧草地一帯は敵の手中にあった。ナポレオンも、しばし、途方に暮れたようだった。彼は黙っていったりきたりし、その尻尾はぴんとして左右に揺れていた。悩ましげな視線がフォックスウッド農場に向けられた。もし、ピルキントンたちが助っ人してくれれば、まだ勝てるかもしれないのだ。ちょうどこのとき、先日放たれた四羽の鳩が戻ってきた。そのうち一羽の足には一枚の紙きれがあった。ピルキントンからのもので、鉛筆でこう書かれていた。「ざまあ見ろ！」

この間、フレデリックたちは風車のあたりでじっとしていた。動物たちはそれを監視していたが、ついに落胆の声が広がった。二人の男がバールと大ハンマーを取りだして、風車に打ちかかろうとしたのだ。

「こわれるもんか！」ナポレオンが叫んだ。「壁は頑丈に造ったんだ。一週間かかったって、こわせやしないぞ。同志たちよ、奮い立て！」

ベンジャミンは、じっと、二人の男の行動を見ていた。彼らは風車の土台の近くに、ハンマーとバールで穴をあけていた。まるで楽しんでいるかのように、ベンジャミンは、長い鼻面をゆっくりたてにふった。

「そうなんだよ。奴らが何をしていると思うかい。次は、あの穴に爆薬を詰めこむぞ」

動物たちは恐れおののいてじっとしていた。この建物から外に出るなんていうことは、考えもつかなかった。数分後、人間たちは、四方に散らばった。そして耳をつんざくような轟音……鳩は空中に吸いこまれ、動物たちはナポレオン以外みな腹ばいになって顔を隠した。彼らが起き上がると、風車のあった所には黒煙が巨大な雲となって漂っていた。風がそれを少しずつ吹き払っていくと、風車は影も形もなかった！

これを見て、動物たちは再び勇気を得た。さっきまで感じていた恐怖と絶望は、このきたないやり口に対する怒りに呑みこまれて、消えてしまった。復讐を誓う雄たけびが起こり、それ以上命令されずとも、みんなは一団となって敵に突進していった。今度は、雹のごとく降りしきる弾丸すら、ものともしなかった。猛烈な闘いだった。人間はたてつづけに発砲し、動物が近づくと、棒や長靴で彼らに打ちかかった。雌牛一頭、羊三匹、鵞鳥二羽が殺され、ほぼ全員が傷を負った。後衛で指令を下していたナポレオンさえも、流れ弾丸で尻尾の先に傷を負った。人間とても無事ではなく、ボクサーの蹄で三人が頭を割られ、雌牛の角で一人が腹を突かれ、犬のジェシーとブルーベルは一人のズボンをビリビリに引き裂いた。ナポレオンの指示で、生垣に隠れて回り道をした九匹の親衛隊の犬が、突然人間の側面に現われて恐ろしい吠え声をあげると、人間はパニックにおちいった。包囲されていることに気づいたのだ。フレデリックが手下に、逃げ道のあるうちに逃げろと指示すると、たちまち、臆病な敵どもは命からがら逃げ出していった。動物たちは畑の端まで追跡し、人間どもがいばらの生垣をくぐりぬけていくときに最後のキックを食らわしたのだった。

勝った。でも疲れはて、傷ついていた。彼らは、びっこをひきながら、ゆっくり農場へ戻っていった。仲間の死体が草の上にのびているのを見て、涙を流すものもあった。かつて風車のあった所でみんなは立ち止まり、悲しみに沈黙した。もうないのだ……みんなの労働の最後の結晶がなくなってしまったのだ！　土台さえ、壊れている所があった。もし再建するにしても、前のように落ちている石を使うことはできないのだ。石もなくなってしまった。爆破で、百ヤード四方にも散らばってしまったからだ。風車など初めからなかったようだった。

みんなが農場に近づくと、なぜか闘いの間は行方をくらましていたスクィーラーが、尻尾を振りにこにこしながらはねてきた。そして農場の建物の方から、おごそかな銃声が聞こえた。

「あの銃声は何だね」ボクサーがいった。

「勝利の祝砲なのだ！」とスクィーラー。

「勝利？　何の？」膝から血を流し、蹄鉄を一つなくし、蹄を裂かれ、後ろ足に一ダースも被弾しているボクサーがいった。

「何の勝利かだと？　同志よ。われわれは、敵を撃退したではないか、このわれわれの神聖なる動物農場から」

「奴らは風車を壊したじゃないか。二年間もかかって建てた風車を」

「それが何だというのだ。また風車を造ろう。六基、造ることだってできるんだ。同志よ、君はたった今の偉業がわからんようだね。われわれが今立っているこの大地を、敵は占領していたのだ。しかし、われらが指導者、同志ナポレオンのおかげで、すべてを奪回したではないか」

「前に持っていた物を取り戻したということじゃないか」

「それこそ、われらの勝利なり！」

みんなは、びっこをひきながら庭にやってきた。ボクサーの足にはいった弾丸は、ずきずきと痛んだ。土台から風車を再建するための重労働が待ちかまえていることを彼はわかっていた。そして早くも、その仕事に備えて、自分をふるい立たせてはいたが、このとき初めて、自分はもう十一歳であって、力強い筋力もかつてのようではないと、彼は悟ったのだった。

緑の旗が風にひるがえるのを見、全部で七回の祝砲を聞き、闘いぶりをほめるナポレオンの演説を聞いていると、みんなは大勝利をおさめたのだという気分にもなってきた。戦死した仲間のために、おごそかに葬儀が行なわれた。ボクサーとクローバーは霊柩車代りの荷馬車をひき、行列の先頭をナポレオンがいった。まる二日間が戦勝祝賀会にあてられた。歌と演説と祝砲、そしてりんご一個ずつ、鳥には小麦二オンス、犬にはビスケット三枚ずつが賞与として配られた。この戦いは〝風車の戦い〟と命名され、ナポレオンは新たに〝緑旗勲章〟を創設し、自ら叙勲したことが宣言された。この騒ぎの中で、ニセ札事件は忘れ去られてしまった。

この騒ぎの数日後、豚たちは屋敷の地下室でウィスキーのケースを偶然見つけた。屋敷を最初に占領したときに、見過ごしていたのだった。その夜、屋敷からは放歌高唱が聞こえてきた。そして驚いたことに〝イギリスの家畜たちよ〟もそのなかに混っていたのだった。九時半頃には、ジョーンズの山高帽をかぶったナポレオンが、裏口から出て庭を跳ね回り、また家の中へはいる姿が見られた。ところが朝になると、屋敷はひっそりと静まり返り、豚は一匹たりとも起きた気配がなかった。やっと九時近くなってスクィーラーが姿を見せた。のろのろと元気のない歩き方、濁った目、だらりとたれ下がった尻尾、どう見ても重病人のようだった。彼は動物たちを集め、重大なニュースがあるといった。同志ナポレオンが瀕死だというのだ！

悲痛な叫びが起こった。屋敷の戸口の外にわらを敷いて、みんなは忍び足で歩いた。目に涙をためて、もし指導者がいなくなったら一体どうすればいいのだろうと語り合った。スノーボウルがナポレオンの食事に毒を盛ったという噂も流れた。十一時、スクィーラーがまた発表した。同志ナポレオンは、この世での最後の仕事として、酒を飲んだ者は死刑に処すと布告したというのだ。

しかし夕方までには、ナポレオンはいくらか調子がよさそうな姿を現わし、翌朝にはスクィーラーは、ナポレオンは回復しつつあると語った。そして、その日の夕方までにはナポレオンは仕事にもどった。翌朝、ナポレオンがウィンスパー氏に、ウィリンドンで酒の作り方の参考書を買ってくるよう指示したこともわかった。さらに翌週。仕事ができなくなった仲間の憩いの場としてとっておいた果樹園の向うの囲い地を耕せという命令が下った。この牧草地は疲弊したので、再び種子をまかなくてはならないからと発表されたが、ナポレオンがここに大麦をまくつもりだということはすぐに知れた。

この頃、何とも不思議な事件が起こった。ある夜十二時頃、中庭で大きな音がした。動物たちは小舎を飛び出した。月夜の晩だった。納屋の端、七誡を書いてある壁の所に、まっ二つに折れた梯子が転がっていた。その横には気絶したスクィーラー、ランタン、ペンキの刷毛、ひっくり返った白ペンキの缶……たちまち、犬が出てきてスクィーラーを取り囲み、歩けるようになるとすぐに屋敷へ連れ帰った。動物たちはみな、これがどういうことなのかわからなかった。しかしベンジャミンだけは、わけ知り顔にうなずき、すべてを了解しているようだった。でも、何もいいはしなかった。

二、三日後、七誡を読み直していたミュリエルは、みんながまちがって覚えている箇所がまだあったことを発見した。五番めの戒めは「いかなる動物も酒を飲んではいけない」だとみんなは思っていたが、あと二語あったのだ。「いかなる動物も、酒を飲みすぎてはいけない」

第九章

ボクサーの裂けた蹄は、なかなかなおらなかった。風車再建作業は祝賀会の翌日から始まったのだが、ボクサーは一日たりとも休もうとせず、また意地でも痛みを顔に出さなかった。夜、クローバーにこっそりと痛みを打ち明けると、クローバーは薬草を噛んで湿布を作り、手当をしてやるのだった。クローバーとベンジャミンは、ボクサーに負けぬぐらい懸命に働いた。

「馬の肺だって、いつまでも丈夫なわけじゃないのよ」と彼女はいうのだったが、ボクサーは聞かなかった。自分が引退する年齢になる前に風車を軌道に乗せること、それだけが残された望みなのだと彼はいうのだ。

初め、動物農場の憲法が制定されたとき、馬と豚は十二歳、雌牛は十四歳、犬は九歳、羊は七歳、めんどりと鵞鳥は五歳が、引退年齢と定められ、潤沢な老齢年金も承認されていた。今までのところは年金をもらって引退したものはいなかったが、近頃、よくこのことが話題となっていた。果樹園の向うが大麦畑になってしまったからには、大牧草地の隅っこにフェンスを張って年老いた仲間の憩いの地にするらしいという噂が流れた。馬ならば、一日に五ポンドの小麦（冬には十五ポンドの乾し草）、祭日にはニンジン一本またはりんご一個というのが、年金だといわれていた。ボクサーの十二歳の誕生日は翌年の夏に迫っていた。

きびしい毎日だった。去年と同じように寒い冬で、食糧不足は前よりもひどかった。豚と犬以外のものへの食糧割当はまた減らされた。スクィーラーの説明によれば、食糧をあまり厳密に平等にするのは、動物主義《アニマリスム》に反するであろう。どう見えようとも、食糧は実際は不足していないのだと、スクィーラーはいとも易々と証明してみせた。たしかに、当座は食糧調整が必要であろう（スクィーラーは、減少ではなく調整というのだが）、しかしジョーンズの時代と比べてみれば、めざましく進歩している。――早口の金切声で彼は数字を読み上げ、ジョーンズの時代より小麦も乾し草もかぶも増収していること、しかも労働時間は短縮されていること、飲み水も質が良くなっていること、長生きするようになったこと、幼くして死ぬものが減ったこと、敷きわらも増えノミの心配も減ったことなどを、事細かに、みんなに説明した。動物たちはみな彼の言葉を信じた。正直いって、ジョーンズのことなど、みんなすっかり忘れてしまっていたのだ。わかっているのは、今の生活は苛酷で最低限のものであること、年がら年中お腹はすいているし、寒がっていること、眠っている時以外はいつも働いているということだった。でも昔は多分もっとひどかったのだろうなあと、みんなは思った。そのうえ、昔はみな奴隷だったのに今は自由じゃないか、それが一番大きな違いだと、スクィーラーは指摘するのを忘れなかった。

今は、養わなくてはならない口がふえていた。秋には、四匹の豚がほとんど同時に、全部で三十一匹のぶちの仔豚を産んだ。この農場で去勢していない雄豚はナポレオンだけだったから、その父親はすぐに見当がついた。あとになって、れんがと木材が売れたとき、屋敷の庭に学校を作るということが発表されたが、当面、仔豚たちは屋敷の台所で、ナポレオン自らが教育することとなった。仔豚たちは屋敷の庭で遊び、他の動物とは遊ばないようにといわれた。この頃、豚と道で出会った他の動物は道を譲ること、豚はすべて日曜日には尻尾に緑のリボンを結ぶ特権を有することが、規則として制定された。

農場は、一年間をまあまあうまく切りぬけたが、資金不足は続いた。学校建設のためには、れんがや砂や石灰を買わなくてはならなかったし、風車に取り付ける機械のためにも節約しなくてはならなかった。屋敷のランプの油やろうそく、ナポレオンの食事の砂糖（太るからといって他の豚には禁止されていた）、道具や釘や綱や石炭やワイアや屑鉄や犬ビスケットの補充も必要だ。乾し草一山と収穫したじゃがいもの一部が売り払われ、卵の出荷契約は週六百個に増えたために、めんどりの数は増えなかった。十二月に減らされた食糧割当は二月にまた減らされ、油を節約するために、小舎のランタンは禁じられた。でも豚たちには不満はないらしく、たしかに太ってきてもいた。

二月も末のある日の午後、今までかいだこともない温かく芳醇なうまそうな匂いが、台所の向うにあるジョーンズ以来放ったらかしの醸造小屋から、漂ってきた。大麦を煮る匂いだ、と誰かがいった。みんなは腹をすかせて鼻をくんくんさせ、夕食のあたたかいマッシュでも作っているのかと思ったりもした。でも夕食にマッシュは登場しなかったし、次の日曜になると、以後、大麦はすべて豚のものだと宣言された。果樹園の向うの畑には、もう大麦の種がまかれていた。豚には毎日一パイントずつのビールの配給があって、ナポレオンには特に半ガロンが、しかもクラウン・ダービーのスープ皿で供されているというニュースが洩れてきた。

我慢しなくてはならないこともいろいろあったが、今の生活は以前より尊厳あるものだという事実が、それをいくぶんなりとも埋め合わせていた。歌も演説も行進も前より多くなった。週に一度は自主発表会とでも呼ばれる、動物農場の闘いと勝利をたたえるための集会を開くことを、ナポレオンは定めた。決められた時刻に動物たちは仕事をやめ、農場内を軍隊のように行進した。まず豚、そして雌牛、そして羊、そしてあひる。犬は側面に広がり、先頭は黒おんどりとナポレオン。蹄と角、そして「同志ナポレオンに栄えあれ」と書かれた緑の旗を、行列の中央で掲げるのはボクサーとクローバー。

行進が終わると、ナポレオンをほめたたえる詩の朗読と、最近の食糧の増収を事こまかに伝えるスクィーラーの演説、そして祝砲の上げられることもあった。この自主発表会に最も熱心なのは羊たちだった。もし誰かが、時間のむだだとか、寒い所に長く立っているのはかなわんなどと文句をいうと（豚や犬のいない所では文句をいうものも少しはいたのだが）、羊はきまって「四本足よし、二本足だめ」を叫んで、文句を封じこめるのだった。しかし、動物たちは、大体においてこういったお祭りごとを歓迎した。自分たちこそが主人であり、自分のために労働しているのだと、改めて感じとれるのは、いい気分のものであった。だから、歌と行進、スクィーラーの統計、銃声、おんどりのとき、へんぽんとひるがえる旗などで、少なくともいっときは、すきっ腹を忘れられるのだった。

四月、動物農場は共和国宣言を発し、大統領を選挙することとなった。唯一の候補者であるナポレオンは全員一致で選ばれた。同じ日、スノーボウルとジョーンズの共謀のさらに詳細な点を物語る新資料発見が伝えられた。スノーボウルは、今まで思っていたように、牛舎の戦いを敗北に導こうと戦略をめぐらしただけではなく、ジョーンズの側で堂々と戦っていたのだ。人間軍の先頭に立って戦い、「人間に栄えあれ」と叫びながら突撃していたのはスノーボウルなのだ。まだ何匹かは覚えているスノーボウルのあの背中の傷は、ナポレオンがかみついたためだったのである。

真夏に、何年間も姿をくらましていた大がらすのモーゼが突然、姿を現わした。モーゼは相変わらずで、仕事をせず、前と同じ調子で氷砂糖山の話をするのだった。切株に止まって黒い羽をばたばたさせながら、聞いてくれる人がいれば何時間でもおしゃべりし続けた。「あそこさ」大きなくちばしで空を指しながら、もったいぶって口を切る。

「あそこ、あの黒雲のちょうど反対側に、氷砂糖山があるんだ。おれたち哀れなる動物が、永久に働かなくていい、すてきな国がね」

一度、とりわけ高くまで飛んだときに自分はそれを見た、枯れることない緑のクローバーがあり、アマニの菓子と角砂糖が生垣にはえているんだぜ、ともいった。

動物たちの多くは、彼のことばを信じた。だって飢え、疲れて暮らしている今の自分たちが、あるべき姿なのではなくて、どこかにもっとすばらしい世界があるのじゃないか、とみんなは考えたのだ。

どうも腑に落ちないのは、モーゼに対する豚の態度だった。氷砂糖山なんていうのはまっ赤な嘘だと豚たちは口をそろえていうのだが、一方、モーゼに働けともいわず、一日四分の一パイントのビールをやって、農場滞在を許してもいるのだった。

ボクサーは、蹄がなおると、前にもましてよく働いた。まったく、その年、動物たちは奴隷のごとく働いた。農場の日常作業のほかに、風車の再建、三月に始まる仔豚の学校建設まであった。食糧も十分でないうえに長時間の労働ではかなわないときもあったが、ボクサーはくじけなかった。その言葉や行動に、力の衰えをあらわすものはなかったが、以前ほど皮膚に艶がなくなったり、お尻がちょっとしぼんだようだったりと、見かけが少し変化していた。みんなは「春になれば、ボクサーも太るさ」といっていたが、春になっても太りはしなかった。大きな丸石を引っ張って石切場へ向かう坂を登っているときなど、気力だけで支えているようにも見えた。クローバーやベンジャミンは、体に気をつけるよう何度も忠告したが、ボクサーは意に介さなかった。彼の十二歳の誕生日が近づいており、引退する前に、石を十分集めておくことしか彼は考えていなかったのだ。

ある夏の夜、ボクサーがどうかしたという噂が流れた。彼はさっきひとりで、風車まで石を運ぶために出かけていた。噂は本当だった。数分たって、鳩があわてて知らせにきた。「ボクサーが倒れた！　横倒れになって、立てない」

動物たちの半数が、風車のあった小山へと走った。そこにボクサーが倒れていた。馬車のシャフトの間に、首を伸ばして倒れ、頭を上げることもできずに。目はかすみ、脇腹は汗でぐっしょり、口からは血が細い筋となって流れていた。クローバーが脇にかがみこんで、大声でいった。

「ボクサー！　どうしたの」

「肺だよ」弱々しい声でボクサーはいった。「大丈夫だよ。もうわしがいなくても、みんなで風車を造れるだろう。石はたっぷり集めてあるからね。どっちみち、わしには、あと一月しかなかったんだしね。正直いうと、引退を楽しみにしていたんだが……ベンジャミンも年とってきているから、一緒に引退させてもらえれば、仲間ができるんだが」

「助けなくちゃ。誰か、スクィーラーに知らせにいってちょうだい」クローバーが言った。

他のものはスクィーラーに事件を知らせるため、屋敷に駆け戻った。クローバーは残った。ベンジャミンも、ボクサーの横に横たわって何もいわずに、尻尾でハエを追い払ってやった。十五分ほどして、心配顔のスクィーラーがやってきて、同志ナポレオンは、最も忠実なる労働者の今回の不幸な事件を知って、深い悲しみを覚え、ウィリンドンの病院で治療を受けられるよう、すでに手配をした、と伝えた。みんなは、これを聞いて、不安になった。モリーとスノーボウル以外に、農場を離れた動物はいなかったし、病気の同志を人間どもの手に委ねるのも心配だったからである。しかし、ウィリンドンの獣医に任せたほうが、この農場よりずっといい手当ができる、とスクィーラーは、容易にみんなを信じさせた。約三十分後、ボクサーの具合が少しよくなると、彼はようやく立ち上がり、びっこをひきながら、クローバーとベンジャミンが快適なわらのベッドを用意しておいてくれた小舎に戻った。

二日間、ボクサーは小舎に残った。屋敷の浴室の戸棚にあったピンクの錠剤の大びんを豚が届けてくれた。クローバーが、一日二回、食後にボクサーに呑ませる役となった。夜は、ベンジャミンがハエ追いをして、クローバーは話し相手になった。――こんなことになったが悲しくはない、もし治ったらあと三年ぐらいは生きられるだろうし、あの牧草地の片隅でのんびり暮らすのが楽しみだ。勉強したり精神修養したりする暇をもてるなんて初めてのことだし。アルファベットのあと二十二文字を覚えるのに余生を使いたいなあ――と彼は語った。

ベンジャミンとクローバーがボクサーと一緒にいられるのは、仕事が終わってからの時間だけだった。そしてある日の昼ごろ、一台の馬車がやってきて、ボクサーを連れていった。そのとき、みんなは豚の指揮下でかぶ畑の草とりをしていたから、建物の方からベンジャミンが走ってきて大声でいなないたときにはびっくりした。ベンジャミンが興奮したのを見るなんて初めてのことだった。そう、彼が走るのを見るのだって初めてだった。「早く早く！　すぐに来い！　ボクサーが連れていかれちゃうんだ」豚が命令する暇もなく、みんなは仕事を投げ出して、農場の建物に向かって走りだした。

中庭には、二匹の馬にひかれた大きな箱馬車が停まっていた。箱の側面には何か文字が書いてあり、低い山高帽をかぶった狡猾そうな顔つきの男が馭車席《ぎょしゃ》に座っていた。ボクサーの小舎はからだった。

みんなは馬車を取り囲み、いっせいにいった。「さようならボクサー。さようなら」

「馬鹿もの！　間抜け！」ベンジャミンはみんなの間を跳ね回り、蹄で地面を踏み鳴らした。「馬鹿！　ここに何て書いてあるか、わからんのか」

それでみんなは口を閉じ、沈黙が訪れた。ミュリエルが一字一字読み始めたが、べンジャミンは彼女を押しのけ、重たい沈黙の中で読み始めた。

「〝アルフレッド・シモンズ　廃馬処理、膠《にかわ》製造、ウィリンドン。皮革および骨粉取扱い。犬小屋あります〟どういう意味かわかるだろうな。ボクサーを処理業者に連れていくんだぞ！」

みんなは、恐怖の叫びをあげた。と、その瞬間、男は馬に鞭を当て、馬車は軽快なスピードで走りだした。動物たちは声を限りと叫びながらその後を追う。クローバーは先頭に立った。馬車はスピードを上げる。クローバーも太った体で駆け足にしようとするのだが、ゆるい駆け足にしかならなかった。「ボクサー！」彼女は叫んだ。「ボクサー！　ボクサー！」そのとき、外の騒ぎが聞こえたかのように、鼻に白い筋のあるボクサーの顔が、箱馬車のうしろの小窓から現われた。

「跳びだせ、ボクサー！　跳びだすんだ」みんなは叫んだが、馬車はさらにスピードを増してみんなを引き離していったから、クローバーのいったことがボクサーに通じたかどうかもわからなかった。しかし、小窓からボクサーの顔が消えるとすぐ、馬車の中で蹄を踏み鳴らす大きな音がした。床を蹴破ろうとしていたのだ。以前なら、ボクサーが二、三回蹴れば、あんな馬車など粉々になったことだろう。だが、ああ、もうボクサーは強くはなかった。しばらくすると、蹄の音は弱くなり、そして聞こえなくなった。

絶望した動物たちは、馬車をひく馬に、停まれと叫んだ。「同志たちよ、同志たちよ！ 君たちの仲間を殺す気か！」しかし、何が起こっているのかわかっていない愚かな馬は、耳を後ろへそらしただけで、さらにスピードを増すのだった。ボクサーは、二度と小窓に顔を見せなかった。先回りして五本桟の戸口を閉めればいいと誰かが考えついたのだが、それも遅すぎた。馬車は戸口を駆け抜け、道路を下って見えなくなった。ボクサーの姿を再び見ることはなかった。

三日後。ウィリンドンの病院であらゆる手を尽くしたもののボクサーは死んだ、と発表された。スクィーラーがこの発表を行ない、最後の数時間、自分はボクサーに付きそったともいった。

「今まで経験した中で、いちばん感激的な光景だった」と、前足を上げて涙をぬぐいながら、スクィーラーはいった。「私は臨終の瞬間まで彼のそばに付きそった。そして息をひきとる直前、弱りきった彼は私に、こうささやいたのである。風車完成を見ずして逝くこと、これがたった一つ、悲しいことであると。そして、〝進め、同志よ！ 進め！ 反乱の名のもとに。動物農場よ永遠なれ。同志ナポレオンよ永遠なれ。ナポレオンは常に正しいのだ！〟とも。同志よ、これが、ボクサーの最後の言葉であった」

ここで、スクィーラーの態度は、がらりと変わった。彼は一瞬沈黙し、小さな目に疑い深い光をたたえて、みんなをにらみ回した。――ボクサーが発つときに、馬鹿らしくも悪意のある噂が広まったことは、私も耳にした。ボクサーを連れていった馬車に「廃馬処理業」と書いてあるのに気づいたものがあって、そこから、ボクサーが処理業者に連れていかれるのだと飛躍して考えたようだ。だが、そんな馬鹿なことを考えつくなんていうのは、まったく信じられんことだ。――尻尾を振って左右に跳びはねながらスクィーラーは声を張りあげた。――みんな、われらの愛する指導者、同志ナポレオンが、そんなことをするはずがないことぐらい、知っているだろう。話は簡単なことなのだ。あの馬車は処理業者から獣医が買いとって、旧名を消していないだけなのだ。それで、誤解が生じたというわけだ――

みんなは、これを聞いてほっとした。そして、死の床にあるボクサーの様子、十分な治療の数々、ナポレオンが金に糸目をつけずに手配した高価な薬などについて、スクィーラーがさらに話すと、疑惑の念はすっかり消え、仲間を失った悲しみも、少なくとも幸せのうちに死んだということで、いくらかはつぐなわれるようだった。

次の日曜の集会にはナポレオンもやってきて、ボクサーをたたえる短い演説をした。

――農場に埋葬するために亡き同志の遺体を運んでくるのは不可能だったけれど、屋敷の庭の月桂樹で作った花環をボクサーの墓に供えるよう手配してある。二、三日うちに、豚たちでボクサーの名誉を記念する宴をひらこう――ナポレオンは、こう演説をしめくくった。「わしがもっと働こう」「同志ナポレオンは、いつだって正しい」――これらのボクサーの好きだった格言は、動物たちそれぞれが、自分のものとするように。――

宴会の日、ウィリンドンからやってきた食料品屋の馬車が、お屋敷に大きな木箱を配達した。その夜、屋敷からは、放歌高吟、そしてけんかの物音が聞こえ、十一時頃にガラス類の割れる音がしたあと静かになった。翌日、屋敷の豚はみな正午過ぎまで起きてこなかった。

ウィスキーをもう一箱買う金を、豚たちはどこかからひねりだしたらしいという話が伝わってきた。

第十章

何年かがたった。幾星霜が過ぎ、寿命の短い動物はいなくなり、反乱の前のことを覚えているのは、クローバー、ベンジャミン、大がらすのモーゼ、何頭かの豚だけになってしまった。

ミュリエルは死んだ。ブルーベルもジェシーもピッチャーも。ジョーンズも、州内にあるアルコール中毒患者収容所で死んだ。スノーボウルなど、すっかり忘れられていた。ボクサーのことも覚えているのは、ほんの何頭かだった。クローバーは年老いて太り、関節は固くなり、いつも目をしょぼしょぼさせていた。彼女だってもう定年を二年も過ぎていたが、これまでに実際に引退した動物はいなかった。牧草地の隅を老後の憩いの地にとっておくなんていう話は、もうずっと前に立ち消えになっていた。ナポレオンは体重百五十キロという堂々たる豚になっていたし、スクィーラーは太りすぎて目が小さくなり、物もよく見えないほどだった。ベンジャミンだけがあまり変わっていなかった。それでも鼻面は白くなっていたし、例のボクサーの死以来、いっそう気むずかしく無口にもなっていた。

初めに期待されたほどではなかったが、農場の動物人口は増えていた。反乱なんて、語り継がれてきたお話でしか知らない世代の動物も多かったし、ここにくるまで反乱なんて聞いたこともないというものも買い入れられていた。

馬はクローバー以外に三頭となった。三頭ともりっぱな馬で、よく働くすばらしい同志なのだが、とても愚かで、アルファベットのBより先に進むことはできなかった。彼らは主にクローバーが語る反乱のこと、動物主義《アニマリズム》のことを丸呑みに信じて、クローバーを母親のように尊敬していた。でも、どこまで理解しているかというと、かなりあぶなっかしいものだった。

農場は前よりも景気がよく、また統制もとれていた。ピルキントン氏から畑を二つほど買い取ったし、風車は立派に完成したし、脱穀機や乾草昇降機《ヘイ・エレベーター》もあったし、新しい建物もいくつか建てていた。ウィンスパー氏も軽二輪馬車を買いこんだ。結局、風車は発電には利用されず、小麦をひいて、かなりの金もうけをしていた。そして今、動物たちはもう一つの風車を建設中だった。これが完成すれば、ダイナモが備えつけられるはずだった。でも、前にスノーボウルがみんなに語って聞かせた夢のような、電灯とかお湯の出る水道のついた小舎、週三日労働といった話はもうでなかった。そういった思想は動物主義に反するものだ、真の幸せとは労働と質素な生活の中にこそあるのだ、とナポレオンが非難したからであった。

動物たち――もちろん豚と犬は例外だが――はいっこうに豊かになりはしなかったが、農場は豊かになっていくようだった。もしかしたら、豚と犬の数が多いせいかもしれなかった。が、彼らとてそれなりには働いているのだ。何せ、農場の監督と経営とは絶え間ざる労働なのだから――と、スクィーラーは説明した。――それに、他の動物は頭が悪いから、こういった仕事は無理だ。たとえば、「書類」「報告書」「議事録」「摘要」といった摩訶不思議なものと毎日、取り組まなくちゃいけない。これらは、ぼう大な紙の束で、それにびっしりと書きこまなくちゃいけないし、書きこみが終わるとすぐ燃やさなくちゃいけない。だが、こういった仕事が、農場全体のために、いちばん大切なことである――と、スクィーラーはいった。でも豚も犬も自分たちで食糧を生産しているわけではなかったうえ、その頭数は多く、食欲はいつも旺盛だというのも、事実であった。

他のものたちにとっては、暮らしは、みんなの知っている限り、以前と変わりなかった。いつもお腹をすかせ、わらの上に眠り、水のみ池から飲み、畑で働く。冬は寒さに震え、夏はハエに悩まされる。年老いた動物たちは、反乱の初めの頃、すなわちジョーンズ追放直後には、今より良かったのか悪かったのかと、おぼろげな記憶をふりしぼるときもあった。でも無理だった。今の生活と比べるよすががなかったのだ。あらゆる状況はぐんぐん良くなっていると毎回スクィーラーが示す数字しか頼るものはなかった。でも、どっちにせよそういうことを考えていられる時間は、ほとんどなかった。老ベンジャミンだけが、長い人生のこまごました点を回想し、世の中なんて大して良くも悪くもならない、飢えと苦しみと絶望だけが人生ってものさというのだった。

でも動物たちは望みを捨てなかったし、動物農場の一員である誇りを一瞬たりとも忘れはしなかった。ここはイギリス全土で唯一の、動物が所有し運営する農場なのだ。いちばんの若造、十マイルか十二マイル離れた農場から連れてこられた新参者も、一人残らず、そのすばらしさに感動してやまなかった。祝砲が上げられ、緑の旗がはためくのを見ると、限りない誇らしさに胸は高鳴り、話は、ジョーンズ追放、七誡制定、侵略的人間を撃退した偉大なる戦闘といった古き英雄的な時代に立ちもどっていった。昔の夢はまだ損なわれていなかった。イギリスの緑の野が人間どもの足で踏みつけられることのない動物共和国というメージャー爺さんの語った夢を、今もなおみんなは信じていた、いつの日かきっと……すぐではないかもしれない、今生きているものたちの寿命の内ではないかもしれない、でも必ずその日はくる。〝イギリスの家畜たちよ〟のメロディーも、ここかしこでこっそり口ずさまれてもいるようだった。大声で歌いこそしなかったが、農場の動物全部がこの歌を知っていることは確かだった。

毎日の暮らしはきつく、望みがすべてかなえられているわけではなかったが、でも他の動物とは違うという意識は、みな持っていた。空腹だとしても、それはあの専横なる人間どもの搾取が原因なのではないし、過重労働だとしても、結局は自分たちのための労働であった。仲間は誰ひとり二本足で歩かず、ほかの仲間を「ご主人様」と呼ぶこともない。すべての動物は平等なのだった。

初夏のある日、スクィーラーは羊たちに、ついてこいと命令し、農場の一角にあるかばの若木が茂った荒地に連れ出した。羊は、一日中スクィーラーの監督の下に葉っぱを食べて過ごした。夕方になって、スクィーラーだけが戻ってきた。あたたかかったので、そこに泊るよう、羊にいいおいたのだった。結局、羊たちは一週間、そこにいて、みんなはその間、羊の姿を見なかった。スクィーラーは、一日の大半をそこで過ごした。秘密を要する新しい歌を教えこんでいるのだという話だった。

羊たちが戻ってきてすぐのある気持のよい夕方に、動物たちが仕事を終えて農場へと家路をたどっていると、中庭のほうから、馬のいななきが響いた。びっくりして、みんなは足を止めた。クローバーの鳴声だ。再びいななきが聞こえると、みんなは走って中庭にとびこんだ。クローバーが何を見たのか、みんなの目にもわかった。

豚が一匹、後ろ足で立って歩いている。

それはスクィーラーの姿だった。その姿勢であの重い体を支えるのに慣れていないようでいささかおっかなびっくりで、しかしバランスをちゃんととって、中庭を歩いていた。その一瞬の後、お屋敷の戸口から豚たちが長い行列をつくって出てきた。しかも、みんな後ろ足で立って歩いて。うまいのもいたし、杖を必要とするようなよろよろした歩きかたのもいたが、みなきちんと中庭を一周した。そして最後に、犬どものすごい吠え声と黒いおんどりの金切声のあとにナポレオンが登場した。まわりをはね回る犬を従えて、横柄に、端から端までねめ回し、堂々と直立し、前足には鞭を持って。

重たい沈黙があった。すっかりたまげた動物たちは肩を寄せて、豚の行列が中庭を回るのを見つめていた。世の中がひっくり返ったんじゃないか。……初めのショックがおさまって、恐ろしい犬どもや、長年かかって身についてしまった、何事が起ころうと文句も批判もしないという習慣などにもかかわらず、動物たちが抗議の声をあげようとした、まさにその瞬間、打ち合わせてあったように、羊がすさまじい声で怒鳴り始めたのだ。

「四本足よし、二本足もっとよし。四本足よし、二本足もっとよし。四本足よし、二本足もっとよし」

切れ目なく、これが五分間も続き、やっと羊が黙った頃には、抗議のチャンスは失われていた。豚たちは、もう屋敷の中に入ってしまっていた。

ベンジャミンの肩を鼻先でこづくものがあった。振り返ってみると、クローバーだった。その年老いた目は、ぼんやりとしていた。彼女はベンジャミンのたてがみをひっぱって、納屋の奥の七誡が書いてある所に連れていった。しばらく、二匹は白い文字が書かれたタール壁を見つめた。

「目も悪くなったものだわ」やっと彼女は言った。「若いときだって、何て書いてあるのかはわからなかったけど、今じゃ壁まで違って見えるのだから。七誡は前と同じかしら、ベンジャミン」

ベンジャミンは、初めて主義を曲げて、壁の文字を読んでやった。たった一つの戒めしか、そこにはなかった。

すべての動物は　平等である
しかし、ある動物は　ほかの動物よりももっと平等である

翌日から作業監督をする豚が前足に鞭を持つようになっても、みんな、別におかしいとは思わなかった。豚が無線機を買ったり、電話の取付を申しこんだり、〝ジョン・ブル〟〝テイット・ビッツ〟〝デイリー・ミラー〟の購読を申しこんでも、おかしいとは思わなかった。ナポレオンがパイプをくわえて中庭を散歩してもおかしいとは思わなかった。ジョーンズの衣装棚から服をとり出して豚たちが着るようになっても思わなかった。ナポレオンが黒いコートに狩猟用ズボン、革ゲートル姿で現われ、お気に入りの雌豚が、ジョーンズの女房が日曜日に着ていた波形模様の絹のドレスで現われても、別におかしいとは思わなかった。

一週間後の昼下がり、軽二輪馬車が何台か農場にやってきた。近所の農場主代表が、見学に招待されていたのだった。彼らは、農場を隈なく見て回り、見たものすべて、とりわけ風車に感嘆した。動物たちは、かぶ畑の草とりをしていて、地面から顔も上げずに勤勉に懸命に働いた。豚と人間のお客と、どっちの方がこわいかもわからなかった。

その夜、屋敷からは哄笑や歌声が聞こえてきた。豚の声と人間の声がまじりあっているのを聞いて、みんなは急に好奇心をもった。人間どもと動物がはじめて対等に会っている今、いったい何をしているのだろう。彼らは、屋敷の庭へとできるだけそっと忍び足で向かった。

中へはいるのがこわくもあって、みんなは屋敷の門口で足をとめた。しかしクローバーが先頭に立って、屋敷へと忍び足で進み、背の高い動物は食堂の窓からのぞきこんだ。細長いテーブルのまわりに、六人の農夫、六匹のお偉方の豚が席についていて、ナポレオンはいちばんの上座を占めていた。豚たちはすっかりくつろいで腰かけていて、みんなでトランプをやり、ときおり乾杯のためにゲームの手を休めた。大ジョッキが一同に回され、それぞれのコップにビールがつがれた。誰ひとりとして、窓からのぞきこんでいる不思議そうな顔に気づいていなかった。

フォックスウッド農場のピルキントン氏が、コップを片手に立ち上がった。――では、ここにおいでのみなさんに乾杯したいと思いますが、その前に、一言、申し上げねばならないことがあります。――と、彼は言った。――長年の不信と誤解が、ここにいたって、とけたことは、まったくもって私の、いや私だけでなくここにいらっしゃるみなさんにとってもそうだと私は確信しているのでありますが――、欣快とするところであります。

私だけでなくここにいらっしゃるみなさんには、そんなことはなかったのですが、近所の人間たちがこの立派な動物農場の経営者のみなさんを、敵意とまでは申しませんが、懸念をもって見ていた、そんな時期もありました。不幸な事件もあり、まちがった情報も流れました。農場を豚さんたちが所有し運営するのは、何というか、普通のことではなかったので、これが隣近所に不穏な影響を与えるのではないかとも考えられたわけです。多くの農場主たちはろくに調べもせず、こういう農場には、放恣と無規律がはびこるだろうと信じこみ、また自分の農場の動物ひいては使用人たちにさえ影響があるのではないかと、まあ、こういうことを気にしたわけです。しかし、今や、そういった懸念は吹き飛びました。今日、今までそう思っていた人々はこの動物農場にやってきて、この目で拝見させていただいて、何を発見したでしょうか。最新式のやり方だけではありません。あらゆる農場の範ともなるべき規律と秩序です。ここ動物農場の位の低い動物たちは、この国中で、最も少なく食べ、最も多く働くともいえるでしょう。今日、ここを訪れた者は、すぐにでも自分の所にとり入れたい、いくつかの良い点を拝見したわけです。

お話を終わる前に、もう一度、動物農場と隣近所の者との間の、現在の友情、将来の友情を強調したいと思います。豚さん方と人間たちとの間には、いかなる利害の対立もありません。いな、闘いと苦しみを共有するものであります。労働問題というのは、いずこも同じものではないでしょうか——

ここで、ピルキントン氏はかねてから用意しておいたしゃれをいおうとしたようだったが、おかしさにたまらなくなって、口にできなかった。たるんだあごが紫色になるほどむせた末に、やっと彼は言葉を継いだ。

「みなさん方に、やっつけなきゃならない下層動物があるように、私たち人間にも下層階級があるのです！」

この名言に、座は大いに沸いた。そしてピルキントン氏は、少ない食糧と長時間労働、甘やかすことのない規律について、再び豚たちにお祝いをいった。

では——と彼はいった。——一同ご起立いただいて、グラスに酒をついでください。

——

「紳士諸君、乾杯の音頭をとらせていただきます。動物農場に、乾杯！」

割れんばかりの喝采と、床を踏み鳴らす音が起こった。ナポレオンも非常に喜んで、席を立ってピルキントン氏と杯を合せ、飲みほした。乾杯が終わると、後ろ足で立っていたナポレオンは、自分もちょっとご挨拶しようといいだした。

いつものように、ナポレオンの演説は短く要を得たものだった。――私もまた、長年の誤解がとけたことを喜ぶものであります。長い間、私と同僚たちが何か危険な、革命思想をもっているという噂がありました。ええ、そんなのは、私たちを快く思わぬ敵が流した噂だという確信があります。私たちが近くの農場の動物を煽動して反乱を起こさせようとしているというのです。何というデマでしょう。今も昔も、私たちの唯一の望みは、ご近所のみなさんと、仲よく、正常な取引をしながら、暮らすことであります。光栄にも私が統率するこの農場は、共同事業でして、私個人の名義になっている権利書も、本当は豚たちの共同名義なのであります。――

彼は続けた。――昔のあの疑いはもう消えたことと私は信じますが、最近、農場にちょっとした改革を行ないました。これでいっそう信頼していただけることと思います。これまでこの農場の動物たちは、お互いを〝同志〟などと呼ぶ馬鹿げた習慣をもっていましたが、これは禁止いたします。また、日曜の朝には庭の柱に掲げてある雄豚の頭蓋骨の前を行進するという、これまたいつ始まったのかわからない馬鹿げた習慣がありましたが、これも廃止します。頭蓋骨はもう埋めてしまいました。お客さまは、今日、風にはためく緑の旗をごらんになりましたかな。としたら、前は旗に白く描いてあった蹄と角が、なくなっていることに気づかれたかもしれません。今後は緑一色の旗にいたします。ピルキントンさんのご親切なすばらしい演説に、一つだけ申しあげたいことがございます。それは、ずっと〝動物農場〟と、私どもを呼んでいらっしゃったことです。ピルキントンさんがご存じないのは当然のことで、今初めて私ナポレオンがここに発表するのですが、〝動物農場〟の名は、廃止されたのでございます。以後、この農場は〝荘園農場《マナー》〟といたします。これこそ、正しい本来の名称だと私は信じるものであります。

紳士諸君——と、ナポレオンはしめくくった。——私も祝杯をあげたいと思いますが、さっきとはちょっと違ったせりふになります。グラスをいっぱいにして下さい。紳士諸君。では、荘園農場のいやさかの繁栄を祈って！

前と同じく、さかんな喝采がわき、最後の一滴まできれいにグラスはほされた。しかし、戸外で見ていた動物たちには、何かおかしな事が起こっているように思えた。豚たちの顔のどこが変わったのだろう？　クローバーはかすんだ目で、順々に見ていった。五重あご、四重あご、三重あご……溶けて変わっていくように見えるのは、一体、何なのだろう？

喝采が終わると、連中はトランプを取り上げ、中断していたゲームを再開した。外の動物たちは、そっと窓際を立ち去った。

二十ヤードも行かないうちに、みんなは立ち止まった。屋敷から、ものすごい叫び声が起こったのだ。駆け戻って、また窓からのぞきこむと、そこでは激しいけんかが始まっていた。怒鳴る声、テーブルを叩く音、疑いの鋭い眼差し、それを否定する声……ナポレオンとピルキントン氏が二人同時に、スペードのエースを出したのが、けんかの原因のようだった。

十二の怒声が飛び、どれも同じように聞こえた。豚の顔のどこが変わったのか、今は、はっきりしていた。外にいる動物たちは、豚から人へ、人から豚へ、再び豚から人へと、視線を走らせた。しかし、もう、どっちがどっちか、まったく見分けがつかなくなっていた。

G・オーウェルをめぐって

開高 健

・談話
一九八四年・オーウェル

きびしい政治風土から生まれた作品

どういうものか日本では、オーウェルは一部有識者の間でしか尊敬されてなく、あとはほとんど読まれてない、議論もされないという状態ですね。

一九四九年に出版された『一九八四年』を紹介すれば、彼の予想では、この時代、世界は三大ブロックに分かれて戦いあっている。その三大ブロックとは、はっきりと地名は書かれてないが、アメリカとヨーロッパとアジア圏、これが三つとも社会主義独裁国になっている。この三つがスーパーステート＝超大国家になって、それぞれ闘争しあう。

イギリスも独裁国家になっていて、ビッグ・ブラザーという指導者がいて、これが朝から晩まで演説をぶちかまし、国民の私生活を厳重に監視する。各家庭の壁にテレ・スクリーンというのがあって、そこにビッグ・ブラザーの顔が出てきて、国民一人一人の吐く息、吸う息まで監視する。その中でやがて当然のことながら反抗運動が起こってくる。主人公がその独裁から免れようと思って地下運動に入りかかったところで摘発され、拷問を受けて恋人と一緒に転向を強制されるという物語です。凄惨極まりない作品なのですが、発表当時全世界を席捲したぐらいの迫力があった。今でもしょっちゅう議論されるし、今年は一九八四年になったから、いよいよあちこちで似たような企画を思いつく輩がたくさん出てきて、雑誌、出版物に「一九八四」という数字がしばしば出没するであろうと思います。

同じオーウェルが『動物農場』というのを書いています。これは二十世紀の寓話なんですが、『動物農場』と『一九八四年』を比べると、作品としての自己完結性というか、高さというか、成果ということから見ると『動物農場』のほうがはるかによくできている。

私は一九六〇年ごろポーランド、チェコ、ルーマニア、ブルガリアと東ヨーロッパ回廊、いわゆるスラブ圏とゲルマン圏の間の細長い地帯・東欧圏を、バルカンからバルチック海まで走り抜けたことがあるのですが、チェコでもポーランドでも昼間はあんまり話に出ないが、夜になって小説家たちと一杯飲むと、オーウェルの話が出てきた。そしてやはり同じことをいっていました。

「地下出版物で『動物農場』を読んだ。『一九八四年』も読んだ。作品としては『動物農場』のほうがはるかによくできている。しかし『一九八四年』は極めて重要な作品である。失敗作ではあるが極めて重要な作品だ」と。これはポーランドの作家の場合ですが、「『動物農場』も『一九八四年』も地下出版物で読んだのだが、まるで自分たちのことが書いてあるかのように感じた」と、こういうことをいうのが多かった。みんながみんなそういったわけではないけれどね。

自由主義国では一応の自由が、まがりなりにも確保されているので、自由の必要性、痛切さを毎日の生活で痛感させられることがなくなっているのですが、『一九八四年』の読まれかたというものを見ると、地下出版物としてしか読むことができない国でこそこの作品は味読される。彼らの生活記録として紙の裏まで読まれるような読まれかたをしている。おそらく今でもそうだろうと思うのですがね。

『一九八四年』は失敗作だったが、私が感心させられる点はいくつかある。だいたい昔から国際的通り言葉というものがあって、例えばフランス女のことを「猫」というみたいに、イギリス人の場合は昔から「憲政の民」といわれていて、政治的には世界中で一番成熟した国民ではないか。セックス・アピールはあそこの女にあまりあるとは思えない。ミケッシュというハンガリアからロンドンにイギリス人として帰化した小説家がおりますが、これが「イギリスにあるのはセックスではない、あるとすれば湯タンポである」というような大胆な発言をしたことがあります。

そういう意味ではイギリス女はあまり魅力はないらしいのですが、国民としては「憲政の民」といわれている。だから政治的自由を他の諸国民のように侵害された経験を、少くともここ二、三百年の間持っていない。持っていないはずのイギリス国民の一人であるオーウェルが、自由を守らねばならない、人間にとっては自由が絶対確保されなければならぬ、ということを叫びたいばかりに、肺結核を押して、血を吐きながら『一九八四年』を書き上げた。その気迫に私は感心するのです。

スタンダールの言葉で「文学作品の中で政治を扱うと、音楽会に行って耳もとで轟然一発、ピストルをぶっぱなされたような気がする」という名言があるのですが、政治を文学が扱うとなぜかしらたいていは失敗する。政治を扱った小説で成功したものというのはごく稀で、すぐ思いつくところでは、例えばアナトール・フランスのフランス大革命を扱った『神々は渇く』。サマセット・モームの『昔も今も』、これはチェザーレ・ボルジアとマキアヴェリの対立抗争をテーマにしたものです。日本では、政治小説といえると思いたいのが、成功作としては山本周五郎の『樅《もみ》の木は残った』。ほかにはあまり思いつかない。失敗作はたくさんある。奇妙なことに、左翼運動盛んなりしころも、政治を扱って成功した作品というものは、わが国にはないといっていいくらいです。私小説としての左翼小説はあるのですが、決して成功作とはいえないし、政治をほんとうに扱った、正面から政治と取り組んでいるといえるようなものではない。わが国独特の私小説としての手記があるだけである。そういっても過言ではありますまい。今後のことは分からないが、今までのところはそうです。

しかし、『動物農場』というのは、プルーストやらジェイムズ・ジョイスを通過した二十世紀のヨーロッパ文学フィールドの中では、先祖帰りといいたくなるくらいのプリミティヴな小説なのですが、よくこれだけ単純な物語を書く勇気が出たものだと感心させられます。これは成功作ですね。暗い作品なのにあちらこちらにユーモアの閃めきもある。大人の読む寓話であって、政治小説としては筆頭の、一、二に挙げられる小説です。

しかしこの『動物農場』もあまり読まれてないので解説をちょっとしておくと、ある農場があって家畜が飼われているのですが、あるとき豚のナポレオンというのが指導者になって、「二本足を追放せよ、人間をやっつけろ、そして動物のための動物による動物の国を作るんだ」というので、一斉に反乱を起こす。反乱が成功して農場から人間が逃げて行って、いなくなる。そうするとあくる日からナポレオン豚が独裁者になって、今度は動物をいじめる。こういう話です。

これは左翼、中道、右翼を問わず、一切の政治的独裁、あるいは革命というものの辿る運命を描いている。いくら裏切られてもついていく動物、また反乱を起こす動物、亡命する動物、ごますりをする動物、いろんな役割を与えてあるのですが、宗教革命、社会革命、右翼、左翼を問わず、一切の革命のときに登場する諸人物、役割、それらが全部描いてある。それらが極めてヴィヴィッドに描いてある。つまり革命なるものの共分母を抜き出してきて、みごとに描いている。だからヒトラーの独裁政権にも通用するし、スターリンの独裁時代にも通用するし、毛沢東時代にも通用する、それぞれの諸人物が全部思い出せる。みごとな作品です。

ただオーウェルは終生自分を社会主義者だと考えていた。彼は若いときアナーキストから始まって社会主義者になるのですが、自分の小説を反共小説と思われるのは、拒んでいた。しかし、いわゆる独裁主義者のイデオローグではなかった。自由社会主義者、今でいう社会民主主義者ということになるのかもしれない。それで反共団体から講演に来てくれとかなんとか頼まれると、彼はいつも、「自分は社会主義者である。反共主義者ではない。独裁には反対しているが、本質的に私は社会主義者だ」というような断りかたをしていたらしいのです。非常に誠実な人だったらしく、正直オーウェルという渾名がついていたぐらいです。コミュニズム・イデオロギーを身をもって研究しようというので、ウェールズの炭坑にもぐりこんだり、パリの貧民窟にもぐりこんだり、ほんとうにくそ真面目な男なのです。ユーモアはわきまえていたけれども。しかし一方で、ヘンリー・ミラーを全世界で最初に評価したのは彼です。そのころ戦前のパリで、ヘンリー・ミラーというのはエロ本作家と思われていたのです。それをちゃんと正しく彼は評価した、発見したわけです。読みが正確でもあり、広くもあった人のようです。

オーウェルの予言したとおりに現代がならなくて、この作品の予言が外れたことを我々は喜びたいのだけれども、しかし、「まつりごとといろごとは変われば変わるほどいよいよ同じだ」という諺があるのであって、いつこれに似た状態が発生しないともいえない。現に地球上ではあちこち、大きな国、小さな国を問わずこの作品に似た生活を強いられている国家と国民は多いわけです。だから『一九八四年』を読んで、わが国と自分のことが書いてあるように感じられたというふうな批評が、わが国で出なくてもすむようになることを祈る者の一人なのです、私は。

宇野浩二でしたか、これが出版されたころ、「世にも恐ろしい物語があるものだ。こんなことがあっては困る」といったという。あの隠者のようだった宇野浩二が呻いたくらいですから、それ自体も当時評判になりました。

なぜ、政治を扱うと文学作品は失敗するのかなあ。全面的に政治を扱って成功したためしがない。スパイ小説は別にして。しかし客観的にみれば、あらゆることは書き尽されたが、一つ重要なことがまだ書かれていない。それは権力である。人間の持つ権力衝動、これが書かれていない。いかにしてそれが発現され、行使されているかということは書かれているが、なぜかということは書かれていない。『ハウ』は書かれているが『ホワイ』は書かれていない。我々はこれを書かねばならぬ」というオーウエルのエッセーがあります。人生そのものが「ハウ」はわかるが、「ホワイ」はわからないというのが、十九世紀後半からの西欧哲学の認識論なのですが。

セックスを好むぐらい権力テーマを愛した作家というのはいない。「徳を好むこと色を好むがごとき者は少なし」というのは孔子のいい方だけれども、セックステーマを好むほどに権力テーマを好んだやつが作家にいないというのは、確かにオーウェルのいうとおりだと思う。しかも、人間のいろいろな衝動の中で見ると、この権力衝動というのは、ご存じのように権力者が息を引き取るその最期までつきまとうものね。それにくらべれば、セックスなんていうものはしばらくは大暴れをしてたかと思うと、そのうちふいにパタッと静かになってしまうからね。あとは湯タンポだよ。

──『動物農場』に比べて『一九八四年』が失敗作だといわれましたが、『動物農場』は寓話として成功している、それにくらべ『一九八四年』のほうは、問題が非常に生のまま出ているというところが文学作品としてあと一歩であると、そういうことなのですか。

そういうことだろうと思いますね。だからこの中で地下運動者を拷問するやつがいるでしょう、オブライアンという、KGBの長官みたいなやつ。これを借りて拷問の衝動のことをオーウェルは必死になって書いているのだけれども、やっぱり「ハウ」、いかにしていじめているか、ということは徹底的に書かれているのだが、なぜかということになるとやはりイマイチなんだな。

これはなぜか。その後も気をつけて見ているけれども、「ホワイ」の周辺をめぐって書かれてはいるけれども、「ホワイ」そのものを抉り抜いたやつはいまだにいない。「やられる前にやれ、やられたくなかったらやれ」、これしかいいようがないんだな。

——原理というのは非常に単純明快であるということで。

そう。空気のように普遍的で瀰漫《びまん》しているからかえって書きにくいのかな。

——これが出た四九年当時は、いわゆる人民中国が成立した年ですね。彼が書いた八四年という設定は、それからだいたい三五年ぐらい先ですが、あまり遠い先じゃない時期をなぜ選んだのかなという……。

戦前ヴァレリーがエッセーを書いていて、その中に「人類はやがてアリの世界を築くことになるであろう」というような予言を書いている。おそらくスターリン体制を眺めていて、また戦後のイギリス人のいろんな政治運動やらなにやらを見ていて、オーウェルは危機を感じて、近未来にこういう社会が人類に訪れるのではないかという恐怖を抱いたんじゃないかと思える。イギリスにも共産党はあるんだけれども、一番大きいのはイギリスの場合は労働党ですよね。イギリスの労働党は、戦後すぐに社会民主主義を打って出したのです。そのときのスローガンは「革命なき革命を」というのでしたよ、確か。それでもやっぱりオーウェルは敏感な人だったし、かつてはジャーナリストだったということもあって、世界中を見ていて恐怖を覚えたのかもしれないね。だからヴァレリーが抱いた危惧と同じ危惧を抱いた。少し遅れてからね。そういう真面目な理由と、あの小説が実際に書かれたのは一九四八年ですから、四八年をひっくり返し八四年としたというユーモアもあったんじゃないかな。

——現実のイギリスの体制からというよりは、もっと先取りしていた。彼には『カタロニア讃歌』のような体験もあるわけだし。

あの時もオーウェルは身を挺して国際義勇軍に入る。それも最前線のどんづまりまで行くわけですよね。それで一緒に銃を取って戦って、肺を撃ち抜かれて、イギリスへ引き上げてくるんだけれども、当時もうすでにスターリン主義者の恐怖を身辺に見ているわけね。それを見ている。当時のあの立場にいた知識人の中ではオーウェルなんかが一番気の毒なというか、踏んだり蹴ったり、じゃなくて、踏まれたり蹴られたりか。踏まれたり蹴られたりの気の毒なプロセスを辿った人なんですね。

——そういう意味では、近未来的な恐怖ということで、反共作家というレッテルが発表した当時の時代状況からつけられたのでしょうけれど。

はい。第二次大戦中のヤルタ協定の時からすでに冷戦は始まっていたけれども、本格化して熱い冷戦になったのは第二次大戦後ですよ。

昔も今もヨーロッパでは政治的闘争というのは宗教的闘争なんですが、酷烈無惨を極める。日本も戦後は、政治的闘争はかなり激しいんだけれども、それでもヨーロッパやアメリカにおける政治的闘争の酷烈無惨に比べると、まだまだ温い。それは別に政治的闘争でなくても、生存競争そのものが欧米は甚だ酷烈、激しいです。人々の、だから生活意識というのも激しいです。そうであってはならないというふうになりつつあるけれども、本来的にそういう風土です。自然も厳しいです。日本の場合はやはり自然があまり厳しくないのと同じぐらいに、政治的闘争もさほどの酷烈さはない。日本人なりには酷烈ですけれど、でも諸外国と比べると酷烈ではない。

日本人は独裁者なき全体主義者なんですが、一度誰かをやっつけていいんだ、コテンパンに叩いていいんだということになると、どいつもこいつもがモラリストのような顔をしてぶったたくので、見ているとおかしくてしようがない。だからオーウェルの『一九八四年』のような無惨な小説が登場するのも、その背景としての政治風土が過去の宗教戦争のときと同じようにやっぱり激しかったからだと思います。その点から見ても、いろごととまつりごと、つまり恋と政治、恋愛と政治、これは変わればほどいよいよ同じだ、という諺が再確認されるわけですわ。わが国は風土も政治的闘争もそれほど酷烈じゃないので、したがってセックス小説は無限に生まれるけれども、政治小説は読まれることが少なくて、それで『一九八四年』がほとんど無視されているということになるのかもしれない。

この作品の示すもの

——開高さんは幸いにしてオーウェルの予測が外れたということを言われましたが、この本が出た当時、社会主義というのはある一つの理想である時代でしたよね。ところが中国は文化大革命を経たし、開高さんがコミットされたベトナムもその後の歴史があのようになった……。

あさましい体たらくになったね。

——そういうことを踏まえてくると、片方でデトピアというのが現実になってしまったという、しらけという言葉はあまり使いたくないけれど、それが非常にあって、その点ではこの作品は現在をみごとに生きているという、そういう思いに捉われるのですけれど。

確かにそのとおりだな。『一九八四年』の後ろに付録がついているでしょう。新語運動、ニュー・スピークの原理というのが。この点はオーウェルの分析のとおりだと思う。つまり独裁者は国民の目を、あらゆる意味においてたぶらかさなければいけない。

デトピア、逆ユートピア、逆立ちユートピア、ユートピアの裏側、地獄国家、警察国家、これらの恐怖を描いた小説はたくさんあるんだけれども、この『一九八四年』でこれだけは褒めておかなければいけないのは、猥本課《わいほん》という仕組みを考えたことだね。そこはポルノ・セクションというのでポーノ・セックといわれているんだけれども、政府が自らの手でエロ本を書いて、それを発禁本にして地下ブックとして流す、そして国民の目をたぶらかす。国民は捌け口がない。そのまま放っておくと暴発するから、秘かに俺は国禁の書を読んで法律を犯しているんだ、政府の裏をかいてやっているんだという隠微な楽しみを国民に与えるために、政府自らが秘密出版の形で猥本を流布させる。この発想は実におもしろいね。いわゆる独裁小説、国家小説にない新しさですね。湯たんぽしかないはずのイギリスでよく考えたと思うよ。イヤ、それだからこそ、かな。

さらに独裁者ビッグ・ブラザーは、国民の目をたぶらかさなければいけない。国民生活を全部コントロールしなければいけない。そのためにはまず言語生活からコントロールしてかからなければいけない。そのために言葉を縮めてしまう。例えばいまいった猥本課というのはポルノ・セクション、ポルノグラフィー・セクションだけれども、そうはいわないでポーノ・セックという。なんでもかんでも縮めてしまう。縮めてしまうために国民は符号か暗号として言葉を使うにすぎなくなる。いちいち立ち止まってその言葉の内容、質と量、これを考えないというので、略語が流行っていく。この点に関する限り、先進国、後進国、社会主義国、自由主義国、南半球、北半球を問わず、この略語運動、だれがいうでもない略語運動、これはみごとにオーウェルの予言が適中したな。

——開高さんがされた宣伝というか、その分野を通して……。

いや宣伝だけじゃない。みんな略語を使うでしょう。結婚相談員、マリッジ・カウンセラー、これを略してマリカンという。ロリータ・コンプレックス、中年のドッチラケのおっさんが少女期のある年頃の女の子に惚れこむ、セーラー服趣味。これをロリータ・コンプレックスというらしいんだが、これを略してロリコンという。こういう略語を、真面目と誠実で、出版社としてはプロなのかアマなのかよくわかりかねる筑摩書房の社員でさえ、平気でしゃべってる。左翼、右翼、中道派、無関心派、少女、お婆さん、少年、おじんを問わず、誰がいうでもない、命令するでもないのに日常の言語生活を見てご覧なさい、略語の氾濫。これはオーウェルの予言がみごとに適中したんだ。これだけは認めておかなきゃいけない。してみるとオーウェルの時代感覚は、ある意味では正しい。

しかし『一九八四年』は前にもいったけれど、あまり読まれてない。全学連が跳梁跋扈したころ、全学連の指導者の一人で私の家へ勧誘に来たのがいた。話が進んで「ところで君『一九八四年』読んだか」といったら、「なんですねん、それは」という。「オーウェルというのを知っているか」といったら「知らんなあ」というんだな。今から二〇年ぐらい前かな、それが読んでない。ほんとうに読まれてないな。『動物農場』は英語の副読本として使われてはいるらしいけれども、読本になったら誰も読まんのでね、これは。フランスの批評家のティボーデだったかに、「いかなる名作も教壇で講義されたとたん凡作になる」という名言があるけれども、学校で教えたらもう駄目だな、どういうものか。

――初めにこの作品は一時期世界を席捲したと開高さんはおっしゃったけれど、オーウェルの作品というのは、『一九八四年』ももちろんそうだけれども、世に出るまでに時間がかかっているでしょう、いろんなところで断わられて断わられて。しかし出ると、迎えられたということはあるんですか。

そうですね。当時から、失敗作だけれども重要な作品だという評価の仕方ですね。それが多かったんじゃないかな、当時のイギリス文壇でも。

――版元がかなり躊躇するということがあったようですね。

やはりその当時の政治状況の中でだろうと思うのです。失敗作だったから手を出したがらなかったということもあるのかもしれないけれども。ただイギリスでは「オーウェリアン」という言葉があるくらいで、やはりオーウェルの影響を受けた人は多いらしい。当時はもちろん私の若いときですが、日本ではゲオルギュウの『二十五時』が騒がれた。それから当時騒がれたのは『渚にて』、これは核破滅の小説ですね。この二つが日本でヒットしましたね。『一九八四年』はほぼ同じころに出たんだけれども『二十五時』に奪われてしまった形だな。『二十五時』はドキュメント小説ですからね。

――その意味ではオーウェルというのは日本で花開いたということはないわけですね。これだけ横文字文学を明治以後輸入し続けてまだ厭きない国で、オーウェルは読まれてないね。

――それは開高さんがおっしゃった背景としての政治の苛酷さ、酷烈さ、そういう風土から出てきたのが日本国民になじまない、そういうこともあるのでしょうか。

このごろは中近東が華やかになってきたけれど、政治風土の酷烈というのを見る場合には、もちろん相違はいろいろありますけれど、本質的には過去の宗教闘争時代、新教と旧教とか、キリスト教と回教、十字軍ね、あの宗教時代の闘争、あれとほぼ一致しますね。だから政治闘争は宗教闘争であるという見方で見るとかなりのものがわかるような気がする。

そういう視点で見てご覧なさい。昔は全ヨーロッパが宗教闘争の血の海の中に沈んだでしょう。だけど日本の場合どうですか。一向一揆の反乱と、キリシタンバテレンの天草の反乱、これがあるだけや。そしてそれは地方的反乱で終っている。全国民をまき込んで血の海の中へ沈めた兄弟殺しの宗教闘争というのは日本にはなかった。それの代わりになるのが戦後のあの政治闘争なんだけれども、これも血の海の中に全国民が叩き込まれるということではなかった。叩き込まれたのは朝鮮半島の人民と中国人民ですね。だから彼らのほうが政治闘争の酷烈さを体で知っているという意味では欧米人に近いね、我々よりはるかに。

——さっきの全学連のエピソードはおもしろいけれど、彼らもある時期から共産党批判という旗印を高く掲げた、特に「反スタ」という形で。その中でも、その指導者がこれを全然知らなかったというのは非常に象徴的な挿話ですね。

全くね。私の身近でのオーウェルの記憶はいくつかあります。一九六四年の十一月に初めてベトナムに行ったんですが、当時なにも知らなかったから見るもの聞くもの一生懸命勉強して回っていたんだけれど、田舎では当時もうテロ合戦でした。左翼テロと右翼テロです。それで、両方がもう酷烈無惨な殺し合いをやっていたんです。例えばベトコンのテロリスト・グループが村へやってくる。それでその村の村長を殺すわけです。そして首を断ってうどん屋のテーブルの上に置いておくとか、その村長の家の垣根のところにプスッと刺すとか、こういうことをする。アジア人の信仰では、これは日本もそうだけれど、中国も、朝鮮も、ベトナムもそうなんですが、首が体から離れるのを最も嫌がるのです。これを「身首所を異にする」というのですが、なぜ嫌がるかというと、首が体から切り離されると霊魂が浮かばれない、あの世に行けないと、こういう信仰があるわけです。ベトナムもそれが激しい。だから首の斬り合いをやっていたわけです。

アメリカ人の間ではメロンという言葉があって、これは頭のことですが、左翼がそういうことをやる。そうすると政府側は政府側でベトコン村へ忍び込んで、コミッサール、つまり政治委員ですが、ベトコンのキャップの首を断って、やっぱりうどん屋のテーブルの上へ置いたり、垣根にプスッと刺しておいたりした。そのときカード一枚を残しておく。黒いカードです。ベトコンのコミッサールの首なし死体が血みどろのベッドの中に転がっている。あるいは首がテーブルの上に放り出してある。そこのところに紙切れを残してくる。その紙切れは黒字に白で目玉が一つ描いてある。そしてベトナム語でなにか書いてある。そのころ私はベトナム語を読めなかったので、「なんて書いてあるんだ」と聞きましたら、「ビッグ・ブラザー・イズ・ウォッチング・ユー」だって。『一九八四年』をそのまま戴きだ。それで、「こんなところでオーウェルが」と思ったな。目玉の場合は、向こうにはカオダイ教というのがあって、これのご神体が目玉なんです。至純、至大、至高、至尊なる大いなるものがお前を眺めているぞ、だから生活身辺、精神生活に気をつけろ、というんですが、その目玉という連想も誘うのですが、セリフが「偉大なる兄弟がお前を眺めているぞ」という、『一九八四年』のスローガンそのままなので、ギョッとなったことがあったね。

――オーウェルにはアジアを舞台にした『象を撃つ』という作品がありますが……。

あれはよくできた短篇でね。世界名作短篇集というのを選ぶとすれば、あれはドキュメンタリーのような、フィクションのようなものだけれども、フィクションとして扱っていいなと思いますね。丸谷才一が「おい『象を撃つ』を名作短篇として規定したのは俺だぞ、間違ってないだろう」といってうそぶいていたことがあったけれど。あれはノート、メモアールのような形で書かれているけれど、短篇として扱っていいですね、あれは名作だ。支配するものは支配されるものによって支配されるという原理をイメージ化している。

——開高さんが東南アジアへ行かれたときの、西洋人と東洋人の関係というのは、非常に惻々とああいう感じというのが……。

そうね、やっぱり肉体的にこたえてきましたな。痛感させられた。

しかし困ったことだな、宗教革命をやっても、社会革命をやっても、革命が成就した明くる日から、それ自体は彼が敵としたもの以上の、反対物になってしまう。だからキリスト教徒がローマに迫害されて荒野をさまよってイナゴを食べていたとき、彼らが抱いていたのがほんとうのキリスト教であった。しかしあちこちの王様がキリスト教徒になってキリスト教が国教となると、とたんにローマと同じ残虐さをもって異端迫害をやる。と同じことで、社会主義革命というものがもし資本主義を敵としていたものであるならば、革命の明くる日から始まるのは何かというと、資本主義以上の資本主義、つまり国家資本主義。あるのはスラブ圏の国家資本主義、アジア圏の国家資本主義、カリブ海の国家資本主義、発達した国家資本主義、発達しつつある国家資本主義、こういうものじゃないかという気がする。

つまり、ナポレオン豚は二本足を追放しろといって二本足を追放する。動物は動物を搾取しないといって反対運動をやる。ところが革命の翌日から牛の乳を絞って飲みだす。ここからや。一杯の牛乳から始まる堕落。おんなじや。だから敵以上の敵になる。ローマ以上のローマになった。資本主義以上の国家資本主義になっちゃった。豚が人類を追放したら、今度は豚が牛乳を飲むようになった。しかも今度は、最後のほうは豚が動物を殺して食うようになる。これだよ、このとおりだ。と思っていたら、彼かの温厚なるサハロフ博士、この人は経済学者ではなく、アトミック学者ですが、彼の書いたものを読んでいたら、「現在わが国に行われている体制というものは、国家資本主義といえるものではないかと思う」とこう書いているのです。やっぱり同じだなと思った。その彼は精神病院に入れられちゃった。スターリン時代とちょっと違うのは殺せなくなったということかな。

政治風土が酷烈でないということの一つの日本的特徴は、政治宣伝らしいものがないというところにも現れている。これをよく考えておいてほしい。昔、ウイスキーの宣伝をやっていたころ、政治宣伝というものはどうなっているのかと思って一人で勉強したことがあった。世界で政治宣伝のない国はこれまた日本だけなんだ。

特に戦後の左翼で共産党、社会党を問わず彼らが生みだしたキャッチフレーズで思い出せるものありますか。この四〇年ぐらいの、ないでしょう。なぜないかというと、必要がなかったから。彼等は労働組合をどれだけとりこむかということで無我夢中になっていた。国民を忘却しているわけや。労働組合はかなりの人数だけれど、国民の一部だよな。全国民をひっくるめて動員して自分のところにまきこもうという必要に追い込まれなかった。だから言葉が出てこなかった。ごく簡単にいえばそういうことだ。

労働組合の幹部とボス交渉をやるだけや。そして「社会党へ行ったらあかんで、共産党へ入んなはれ」と、こんなことで取りあいをやっていたわけ。子供の陣取りみたいに。自民党と共産党と。このごろは公明党やなにかいっぱいありますけれども。要するに組織票の確保にだけとどまっていたわけ。そうしたらキャッチフレーズはいらない、ボス交渉だけでいいわけ。従って左翼運動は国民運動じゃなかった、私にいわせると。

例えばナチスで例をとりましょうか。一九三〇年代のミュンヘン一揆のあとだけれども、ナチスが政権を取ったか取らなかったかの直後ぐらいで、反ユダヤ人闘争というのをスローガンに打ち出すわけです。それでベルリンにクァフュールシュテンダムという大きな通りがあります。そこへある晩親衛隊の連中が行きましてね、褐色シャツ組が。そしてユダヤ人の商店のウインドーというウインドーを木ッ端微塵に叩き潰して歩く。ガラスの粉がクァフュールシュテンダムの歩道に溢れる。それのことをなんといったと思う。「水晶の夜」とナチス宣伝部はいった。ここで残酷と野蛮が美に転化されてしまう。こういうキャッチフレーズを思いつくやつを持ったら、国民はえらいことになる。それからユダヤ人絶滅を「夜と霧」だなんて、うまいことをいうではないか。題がいい。それだけの名文句が日本人にはなかったということは、ある意味では日本はハッピーなんですね、そういう必要がなかったからでしょう。

商業宣伝のコマーシャルとしては名文句がいくらでもありますけれど、政治のフィールドでは殆ど思いだせるものがないんです。国民に政治を感じさせないのが政治の理想の一つであるなら、今後は〝政治なき政治を〟ぐらいをスローガンにしてそれ以上はやめて頂きたいね。

オセアニア周遊紀行

1

近頃私は毛鉤《けばり》を巻くたのしみをおぼえ、夜ふけに練習をするようになった。友人がアメリカ土産に買ってきてくれた初心者用のセットをとりだし、鳥の羽根やリスの尾の毛などを並べ、鉤のあちらこちらに絹糸で巻きつけるのである。ウェット・フライやドライ・フライの精巧をきわめたのはとても無理なので、ストリーマーとかフェザー・ミノウと呼ばれる簡単なのを、手引書を読み読み、巻くのである。毛鉤師《フライヤー》はめいめい手製の御自慢に自分で名をつけるのがこの道の流儀とされているらしいので、仕上げたのを一つずつ並べ、これではマスがとびつくよりさきにふきだしてしまうかもしれないと思いながら、『魔弾』と命名しようか、『オレ』としようか、それとも『春のめざめ』はどうだろうかと迷う。そうしていると、むすぼれたこころがいくらかしのげるようなのである。いくらか苦《にが》りがしのげそうなのである。

カモの羽根を鉤に巻きつけながら、指をいそがしくはたらかせながら、いろいろなことを考える。最近十年間の自分の旅行のことを考えるのがとくにしきりで、どこかで一度仕切ってみよう、一度仕切って中間総計みたいなものをとってみようと思うのだが、いつもうまくいかず、ただ記憶の明滅するままで終ってしまう。発送地がばらばらで東欧産のもあれば東南アジア産のもある、さまざまな荷をつぎつぎ送りこまれるままに乱雑につめこみ、積みあげた、荒涼とした倉庫になったような気のすることがある。その後に解体したり、試したり、使ったりしなかったので記憶の荷のなかにはすでに崩れて形を失いかけたのもあり、五年前の産なのにいまだにきつい匂いをたてつづけているのもある。自身に憑《つ》かれて私はどうやら荷を送りこむことにかかりきっていたので、倉庫に入れてからあとそれがどう変質したのか、また変質していないのかわかっていない。やっぱり自身がわかっていない。まるでつかめていないのである。いつかたちどまって、入りこみ、点検してみなければならないのに、していない。けれど、発送地のその後の変貌がはげしいので、ときにあまりにはげしすぎて、荷札の日付印が私だけのものとなってしまったのが多いのである。たじたじとなって、茫然のあまり、ただかぞえているよりほかない国が多いのである。中国が〝文化大革命〟で大陸をふるわせる雪崩《なだ》れをひき起した。ソヴェトがふたたび大結氷期に入った。当時もっとも雪どけを起していたはずのポーランドもふたたび汚れた氷に蔽われた。当時もっとも硬直していると思われたチェコがじりじり溶けかかって、春の洪水となったところ、たちまち圧塞されてしまった。当時もっともモスコーにたいして温順と思われたルーマニアが〝自主独立〟路線を歩みだしてからは、アメリカの大統領をブカレストの全市民をあげて大歓迎するという破天荒の反応を示した。私が訪れたときのインドネシアではスカルノが国父と仰がれ、三派鼎立の要《かなめ》としてほぼ絶対の権を掌握しているかのようだったが、まもなくナショナリストと回教グループが左翼反撃にでてクーデタを起し、コミュニストを虐殺すること、その規模、約三〇万人かという。一五万人ともいわれ、五〇万人ともいわれ、スカルノが〝二〇万人以上〟という声明をだしたことがあったが、いまは約三〇万人に落着いたらしい。死体を山に埋め、野にかくし、ソロの流れに投げこみしたので、水が赤くなったといわれるのだが、その光景がどうしても眼に射してこない。

私はアイヒマン裁判を傍聴にいったとき、イェルサレムの映画館の屋上にある鶏小屋のような部屋で寝起きし、毎日勤勉に法廷にかよって、検事と被告の対質訊問を観察したり、ノートをとったりしていた。毎日毎日、あちらで何万人殺した、こちらで何万人煙突へ送ったというやりとりが繰りかえされるので、ある日、とうとうイヤホーンを耳につけたままうたた寝に陥ちてしまったことがある。ガタンとノートが落ちたのでとびあがり、眼をさましたが、検事と被告は敗戦間近くにハンガリア国境で死の行進をやらしたのは何人かといって争っていて、その数字は私が居眠りに陥ちるまえとあととでは××××人の相違があるのだった。つまり私が居眠りしているあいだに××××人というものがどうかなってしまったのだった。私ははずかしくなって旅館にもどり、〝カルメル・ホック〟というぶどう酒を飲みながら、はからずもこの裁判の本質、厖大多種な本質群の一つを、まざまざ見せつけられたような気がした。そして私には傍聴の資格がないと思ったので、翌日テル・アヴィヴへおり、ガリラヤ湖を見にでかけた。それまでにアウシュヴィッツの収容所跡へいって荒地と硝子戸のうちに莫大な数の異物群を見せつけられて粉末となり、ことばを失い、何日もウォッカにだけ浸《ひた》ってすごしたことがあるのだが、その記憶を私は大きな、深いものに感じこんでいたのでもあるが、とどのつまりは居眠りをさまたげることさえできないほどのものにすぎなかったのである。だからインドネシアで三〇万人が穴をあけられたり、切られたり、腺病質な子がカエルの手足をちぎるのとそっくりのやりかたで手足をちぎって川へ投げられたのだと聞いても、凝固はさせられながら、感ずる、ということができなかった。にわかにそうさせないものがあった。一派と一派が政治を争うときにはどのようなことが起るか、よくよく覚悟をきめてかからねばならぬというおきまりの教訓をあらためて示されはしたものの、うかつな口をきくものではないという記憶で自身を束縛してもいたのだった。もしそれで自身の内に大きな、暗い、緑いろの穴がひらくのなら、ひらくままにしておくよりほかなかった。私は穴のふちに腰をおろして、消えたかもしれない、消えなかったかもしれない、かつてタバコをやりとりしたり、冗談をいいあったりした人びとの顔を思いうかべたり、思い消したりして、明滅のままにゆだねた。

六八年の初夏、パリの学生の叛乱の末期を見たあとでドイツへいき、ボンや西ベルリンの部屋で、プラハにいこうか、サイゴンにいこうかと迷いながら、テレビを見ていた。その頃私の知った情報では解放戦線が〝総蜂起、総攻撃〟を叫んでサイゴンに大衝撃を加えようとの計画が進んでいた。――じっさいプラハにいかないでサイゴンへいってみるとその兆候はいたるところにあって、カンボジャ国境とタイニン周辺では南下を試みる北ヴェトナム正規軍・解放戦線と米軍・ヴェトナム政府軍の凄惨な死闘がくりかえされ、サイゴンにも一二二ミリ・ロケット榴弾が何発となく射ちこまれ、テロが頻発し、病院は軽症患者を追いだしてベッドを空《あ》け、医師は足止めされるという状況であった。——南へいこうか、東へいこうかと迷いながら私はベッドに腰をおろして、ドイツ焼酎をすすり、見おぼえのあるプラハのヴァーツラフ広場と、とろりとしたメコン河畔のヤシ林を、見せられるままに眺めていた。西独のテレビはいずこもおなじ説教臭のない愚劣番組にみちているが、どういうものかドキュメンタリーだけはたいへん立派だった。いいかげんな語学で私がとろとろ歩きまわって一の見聞を十の妄想に醱酵させることにふけるよりは、はるかに精緻、冷静に事態を報道していたといえると思う。

乱雲から陽が射したところがたちまち消されてしまったという印象をあたえるこの短い夏の事件で、私が注目した印象の最大のものは、老若男女が四八年の共産党の〝無血革命〟のときに自殺して以来、忘却されていたはずのヤーン・マサリックの墓を訪れて花を捧げ、うなだれている光景であった。たくさんの十代の若者や二十代の学生がそれにまじっていたことが私の眼を瞠《みは》らせた。彼らはコミュニストのＤＤＴ的教育と統治のなかで生まれ、育ち、教育されてきたはずで、党が『二プラス二は五だ』といえば『そうです、五です』と復唱するようにして、それ以外の何も知らずに育てられてきたはずだったのに、息子のヤーンも、父のトマスもひっくるめて罵倒、否定する党の、その核心からぬけだして、墓に花を捧げにいってるのだった。誰が、どういうささやきや、つぶやきで、このマサリック父子のことを、若者たちの耳に吹きこんでいたのだろうか。捧げられた花はたちまち枯れてしまって、いまどうなっているのか、私には察しようがないが、党のテキスト・ブックどおりにマサリックを口で非難しつつふいにこころにそれを開花させたこの若者たちの心性は——花がひらくには種子がずっと以前にまかれていなければならないから、ずいぶんの長時間にわたる二重思考の生活だったと推定されるが——南の誘惑さえなければぜひ訪れてさぐってみたいところであった。

中国が地揺れをはじめてからしばらくすると、どこからともなく、老舎が紅衛兵の子供に撲殺されたらしいという説が流れてきた。いや、二階の窓からとびおりて自殺したというのだとも、その説はいった。さまざまな人がおなじ二説をささやくようになった。いつもおなじ説が二ついっしょになっているところを見ると、情報源は一つなのかもしれなかった。それが、どこの、誰なのか。私としてはどうさぐりようもなかった。しかし、この挿話は、真偽をたしかめるすべもなく、また、動乱にはよくあることであり、『駱駝祥子《らくだのしやんづ》』一冊を昔愛読したことがあるだけなのに、どういう条件がととのえられてあったのか、ふいに濡れ雑巾で顔を逆撫でされるような感触を私につたえた。私はしばらくフランス大革命に巻きこまれたラヴォワジェの挿話も思いださず、歴史は無駄を要求するということばも作らなかった。ライン河の森のほとりのガラスと鋼鉄の部屋で焼酎をすすっていると、ヨーロッパの広場と東南アジアのヤシ林のつぎに、中国大陸から流れだしてきたものらしい両手を背に縛りつけられた死体、はだしで坊主頭の、貧しい男らしい死体がいくつも香港の波止場にひきあげられる光景がでてきた。両手を背に縛られたまま水に投げこまれて溺死したらしいのである。その一人を老舎と見てもさほど遠くないのだという情動があった。ほぼ十年前に目撃したことのある彼の横顔を私は思いだした。彼はやせて寡黙な、眼光炯々とした老人で、ゆっくりと扇子を使い、たくさんの菊の花を育てていた。

「老舎が子供に撲殺されたそうですが」

「そういいますね」

一人の中国人の友人を新宿のおでん屋に呼びだして話を聞いてみた。彼はかねがね私がその鋭い感性に敬意を抱いている中国人である。日本文学についてなみなみならぬ深くて繊鋭な読みをしてみせるが、革命や流血や権力をめぐる彼の寸言と覚悟は日本人からはとうてい期待できない痛切さを含んでいて、よく私は会うことにしているのである。

〝文化大革命〟は私には朦朧として苛烈であった。何らかのイデオロギーなり政策をめぐって毛沢東派とそれに対する派との凄惨な抗争であるらしいとはわかるが、いったい反毛沢東派が、事実としていかなる暗黒をはたらいたものなのか、壁新聞その他の紹介、報道をいくら読んでみても、それが絶対権力に擁護された一方的糾弾であるために、どこまでいっても朦朧がつきまとうのだった。何より私をおどろかしたのは大陸の地軸にヒビを入れるばかりの対立が何年にもわたって進行していながら、それが爆発するまで、まったくといってよいほど外部に触知されなかったことだった。何百人という数の日本人が中国を訪れ、あれほど多種大量の本と論文が書かれていながら、誰一人、おぼろげに感じたものもなかったのである。たとえば〝大躍進〟政策が失敗であり、人民公社制にも多くの破滅的誤ちがあったということに、いまではなっているらしいのだが、それまでそんなことは誰もいわなかった。三年飢饉のときに毛沢東は食事を減らしてバンドの穴をつめたという挿話はつたえられたが、すべての飢饉が天災であると同時に人災でもあるという鉄則から推せば、いかなる人災であったのか、これについても、誰も何もいわなかった。私もその一人である。私はこの当時に中国を訪れているのだが、その点についてはまったくの盲目であった。文学代表団の一人としていったので団体旅行であったこと、政府のたてたプランのままに日程を追う旅行でまったく自由行動ができなかったこと、日本の安保問題に中国人が沸騰している場だけを見て歩いたこと、そのほか、いくつもの弁解はできそうだが、のちに発生した爆発がこの時期、またはもう少し以前の時期に原因を蒔《ま》かれていたらしいと教えられてみると、やっぱり反省せずにはいられないのである。毛沢東派の眼から見ての反毛沢東派、または非毛沢東派が、よもや中国社会の全分野にあれほどひそんでいようとは。

かつて魯迅が、日本人の中国観がことごとく誤っているのは性急に黒白をつけようとして結論をいそぐ心からであると、えぐったことがあった。その弊害を説いたあとで、しかし結論をいそぐ心にも一つの美点がないわけではない、なぜなら結論を求むるに急な心は同時に実践を求むるに急な心でもあるからだと、加えている。しかし、私の見るところでは、現代の私たち日本人も手ッとりばやくクロかシロかをきめようとしてあらゆる分野で濛々とした煙霧をたてているが、しばしばそれが実践を求むるに急であるよりは安心を求むるに急なる衝動であるように思える。ただ安心したいばかりにクロかシロか、アカかクロかときめてしまいたがっているのである。中国と中国人を誤解することにかけてはかつての傲慢がお人よしに変ったというだけのことで、あるコンプレックスが裏と表を変えただけのように私には見える。

「……私にも老舎がどうなったか、わからないのです。子供になぐり殺されたのだともいうし、投身自殺したのだともいうのです。きっとおなじニューズ源なんでしょう」

「原因は何です？」

「それも正確にはわからないのです。しかし、近年の彼の作品を読むと、これは中国人でないと読みとりにくいのですが、撲殺だろうが蒸発だろうが、とにかく粛清されたと聞かされてうなずきたくなるという点はありましたね。つまり毒があったのだ。いい作品とはいえないものだったけど、毒があった。ちょっと説明しにくいのですけれど、私はそう読んだな」

友人は鋭い眼を細くし、やせたネコ背をさらに曲げ、ハンペンをついばみながら、ひそひそと話しつづけた。

ずっと以前、〝文化大革命〟よりもずっと以前、訪日代表団の一員として老舎が日本にきたことがあった。自分は通訳としてつくことになり何日かいっしょに暮した。そのとき、革命後の中国の知識人の生活はどんなぐあいでしょうかとたずねてみた。けれど老舎は黙ったままで、何も答えようとしなかった。その後、機会あるたびにおなじことをたずねてみたが、いつも老舎は沈黙し、口をきこうとしなかった。ところがある日、料理のことが話題になった。重慶あたりの民俗料理の話である。何でもそこには部屋いっぱいになるくらいの巨大な鉄釜があり、ウシの肉、ブタの頭、イモ、野菜、手あたり次第のものをほりこんで、グツグツと煮こみ、とろかしてしまうのである。火はもう五十年も百年も絶《た》やしたことがない。そのまわりに張三李四がわいわいと群《むら》がり、お椀で渾沌をしゃくっては食べる。お勘定はお椀の数でかぞえるしきたりとなっている。この話がでたとき、はじめて老舎は口をききはじめた。そして、鉄釜のぐあい、何を燃やすか、どういう風体の人物たちが、どういうふうにむさぼるか、微に入り、細をうがち、四時間も五時間もあくことなく描写しつづけてみせた。自分はその精力に圧倒されたが、『駱駝祥子』の作者の面目は躍如としていて、みごとであった。老舎はそのように料理の話だけに終始してしゃべりにしゃべると、ふっつりと黙りこみ、たちあがって部屋へ消えた。そして中国へ帰っていった。

「そういう人でしたよ」

友人はにがい微笑をうかべ、さらにネコ背になり、新しいハンペンを口にはこんだ。

ふいに私は何事かしたたかな精神を黙示されたような気がした。スターリン時代にショーロホフは毎日毎日、明けても暮れても、莫大な量のウォトカを呑み、呑みに呑みつづけ、いつもぐでんぐでんに酔っぱらって、どうやら生きのびたのだという挿話を聞かされたことがある。

この話を聞いたあとで、私はまた外国へいき、ある市の安宿で夜ふけに眼をさました。ぶどう酒のぽってりとして緩慢な残酔でまぶたや頰がふくらんでいて、けだるかった。『壁にナンキン虫をつぶさないでください』と書いた古い紙のしたに褐色の血の跡が幾条もあり、裸電球がそれを砂漠の川のように照していた。階上の部屋で流した水が図太く咽喉《のど》を鳴らしながら壁のなかを落ちていく。眼光鋭い、菊の花を育てていた老人のことを考えようとしたが、もうそこに緑いろの穴がきていて、私は安堵しつつすべりこんでいった。

オセアニア国はこの十年間に変貌しなかっためずらしい国である。誰にでも入っていけるし、徹底的な禁圧とヒステリアがはびこっている国だが、すみずみまで覗くことができる。苛烈がいたるところにあるが、朦朧はない。この国を紹介した書物は一冊あるきりで、その作者はその書物を書くために喀血して死んでしまった。彼は終生、社会主義を信奉し——ただし、〝やわらかい社会主義〟であるが——自身の流儀においての社会主義者として死んでいったが、日本では意外にそのことは知られてもいず、感知されてもいず、ただ〝反共作家〟の一語で葬ってしまう人が多い。すみずみまで読んだうえで、考えると同時に感ずることがあったうえでそういうのか、考えもし感じもしたけれどやっぱりそうだというのか、この書物に含まれている猛毒とたじたじしたくなるようなむきだしの率直さに感動、共感しながらも人と会って話をするとか、批評を書くとかになればにわかに否定したくなって葬ってしまうのか、そのあたりのことは私にはよくわからない。この作者の日本における不幸は彼の書いた短篇、長篇、エッセイ集などが何も翻訳されず、知られなかったことである。政治と文学をめぐる彼のエッセイには日本のこの種の、何年かおきに発作的に発生する論争がまったく無視してしまう習慣にある、苦《にが》くてつらい点をえぐったところがあるのだが、それも知られていない。左翼、右翼を問わず、いっさいの革命の生理をえぐった『動物農場』という寓話は透明さ、簡潔、洞察と暗示の正確さで、彼の初期のエッセイ『象を撃つ』のみごとさに迫る逸品であるが、これはあまりの完璧を唯一の欠点とする傑作であるにもかかわらず、文壇、論壇、かつてどこでも論じられたことがない。大学で英語の時間のテキスト・ブックにしょっちゅう使われているらしいけれど、教室で読むための本ではない。プラトンを教壇で講義されるとまったく面白くないといったのはティボーデだが、この作品もおそらくそういうことになる。それに、大量の地上の悲劇の研究が、ホンのちょっとした暗示のうしろにかくされていることが、いきいきとしたユーモアのうしろにひどい現実の痛惨の分泌があることが、当今の大学の教室で、どれくらい読みとれることか。どれくらい大量のものから蒸溜したあげくの澄んだ一滴であるか。その一滴の澄明のうしろに、どれくらいの阿鼻叫喚の、混濁と、血と、灰いろの汗があることか。

楽しんだあとで批評にふけり、言葉の自動回転のためにとんだ結論を導きだしてしまって、せっかくの味を壊してしまうということがあるが、この作品もよく誤読、誤評されているようである。動物が人間にたいして叛乱を試みるときの哲学とスローガンが似ているために、レーニンやスターリンやトロツキーやトハチェフスキーの像をそれぞれの動物に読んでしまうわけである。それではこの作品がただのアテコスリや政治漫画にすぎないこととなる。そういう読みかたをすれば、ちょっとスローガンを入れかえてみれば、おなじ動物たちにヒトラーやレームやロンメルを読みとることもできるのだが、気がつかない。孫文と蔣介石だって読みとれるのである。これは左右を問わず、あらゆる種類の革命が権力奪取後にたどる変質の過程についての寓話で、寓話であるからには最大公約数なのである。宗教革命史、社会革命史、どの時代のどの国のでもいいから一冊ぬきだしてきて注意深く読んでみる。叛乱の発生、爆発、成功、平和の回復、やがてめだたないちょっとしたところから起って全体にひろがっていく変質、そしてやがて気がついてみれば事態が、かつて〝敵〟としたものにいかに酷似した地点にきてしまったことか。そういう歴史と登場人物たちを読んだあとでこの作品を読みなおしてみると、作者の配慮の周到さに感心させられるのである。そしてブタやネコやロバが人間の言動をしつつもあくまでもブタでありネコでありロバである行動にでることから生じるおかしみ、生彩あるイメージとユーモアに、しばらく和《なご》むこともできる。それがあまりに巧みで透明であるため、またしても人間は楽園を追放されたのだというきびしい知恵の悲しみを、それに浸されていながら、うっかり忘れてしまいそうにさえなる。

「わが国とわれわれのことが書いてあるのだと思いましたね。『動物農場』も『一九八四年』も、二つともです。しかし、しばらくたってから、『動物農場』のほうがすぐれていると思うようになりました」

一人のポーランドの知識人が低い声でそう語ったことがある。それは再氷結のはじまるまえの、いわゆる雪どけ期のことであった。その頃はこの国でもこの二作を読むことができたらしいのである。ポーランド人の文学的鑑賞眼は身辺がどれだけ荒涼としているか察知のすべはなかったが、正確であった。いかにこの二作が感じられたか。もっと精密にたずねておくべきであったと、ずっとのちになってめずらしい機会を逸してしまったことをさとらされて私は悔んだ。

ビルマでイギリス政府の植民地警官をしていたときの知覚から生みだされた『象を撃つ』という彼のエッセイは、みごとな短篇だった。抑圧者は被抑圧者を規制するが同時に被抑圧者に規制されてもいるのだとする認識が黄昏のなかで死に瀕した象を借りて沈痛、具体的、簡潔に描かれていた。亜熱帯の水田のほとりの黄昏、寡黙だが精力にみちた被抑圧者の威厳の気配、ひたひたと迫ってくる夕闇、そのなかによこたわった象の巨体が傷の穴から洩らす深い嘆息が、まるで白い頁からたちのぼってきそうであった。このときから彼の権力をめぐる考察、いっさいの形式の権力にたいする抗争が、生涯をかけて、イギリスの炭坑、パリとロンドンの大不況期のどん底、スペイン内戦のカタロニア山中のぬかるみとシラミといったように、つねに同時代の最前線を挺身してさすらっていくことで鍛えあげられ、洞察と血みどろの諦観を深めていくこととなる。『動物農場』は人間の圧制に反抗して叛乱を起した小動物群が革命後に指導者のブタに裏切られてしまい、一歩一歩と黄金の約束を鉛に変えられていくが、ふたたび深まる圧制のさなかで、こんなことのためにおれたちはたたかったのじゃなかったとつぶやきつつも、恐怖と、素朴と、信条そのものにたいする善意からして、独裁者を疑い疑い、どこまでも従順についていく物語である。

それはアナトール・フランスが『神々は渇く』ですでに描破したことをふたたび寓話で訴えようとした試みである。人間は矛盾にみちすぎた動物である。《神》を代行することのできない動物である。《絶対》や《完璧》を政治しようとするのは白昼夢を実践に移そうとすることである。それは旅人を家に招いて寝台に寝かせ、そこからはみだした手や足を寝台にあわせて切り落してしまうことを招来する。しかも教条は《絶対》を人間に強制してたちぐらみさせておきながら、それ自体は一種の解釈しか持たないのではなく、ちょうど檻がどれほど堅牢なものであっても隙間が作ってあるように、じつに幾通りもの解釈をその場その場でおこなって平然としている。《絶対》の教条が絶対に立往生して解釈不能に陥るということはあり得ないのである。いかなる事態にもそれは適応できるし、それによって解説や説教や戒告のできない事態というものはあり得ないのである。したがって、『神々は渇く』や『動物農場』の作者が周到な研鑽のあげく痛切をあらわに、または深く秘めて実証したかったのは、《神の王国》、《地上の楽園》は実現に着手されだしたそのときから遠のきはじめる、努力されればされるだけいよいよ確実にそれは遠のくのだという二千年間の自明の理であった。それを彼らはあくまでも直接性、具体性の領域から発することばで描き、内なる密語のために自身の足で自身の体重がはこべなくなるまでの蒼白な肥満漢となることなくして作業したのだった。

『動物農場』は検閲官の鋏や委員会の決定などを経ることなくして公刊されたある社会の悲惨な革命小史であるが、事態を指導者の肉体性に沿って描いたという点で、『神々は渇く』や、『真昼の暗黒』や、『汚れた手』や、はては『ドン・カミロの小さな世界』などにつながっていく系譜の作品である。しかし、晩年の——いたましいほど早すぎたが——作者が、喀血をこらえこらえ死と競走するようにして書きいそぎ、書きあげた『一九八四年』は、おなじテーマを追いながら、ある一点でそれまでの種々の試みが、あえて衝《つ》こうとしなかったところをえぐったということで、卓抜な展開を見せたのである。『動物農場』では〝ナポレオン〟というブタ、『真昼の暗黒』では〝第一の男〟が謎のような皮肉なまなざしで犠牲者にむかってテーブルのむこうからタバコの霧ごしに握手の手をさしのべてくるのだが、そして『汚れた手』では指導者が、《私はイデオロギーも愛するが人間も愛するのだ》といい、それが劇のなかではとどのつまり死んでしまうことで一つの絶頂を舞台にもたらす。しかし、『一九八四年』の〝偉大な兄弟《ビッグ・ブラザー》〟は、テレ・スクリーンや、新聞や、ポスターや、イリュミネーション、いたるところに顔を公開して、氾濫していながら、実在人物としてその社会に君臨しているのかどうか、他の事物が明晰に語られているほど明晰には語られていず、むしろ彼は存在しないのだと感じたくなるように叙述してある。この点だ。

あらゆる国の農民がきっと作る汗の句を、ヴェトナムの農民も、作った。それは『動物農場』の底知れず勤勉で、お人よしで、だまされやすく、信じこみやすい小動物たちが惨憺たる幻滅のあとで洩らす一句——そのため彼らは自身気がつかないが悲哀そのもののうちに聡明さでナポレオンを凌《しの》いでしまうのだが——その一句である。

『お上《かみ》は顔が変るだけのこった』

数百年、数千年かかって精溜したこの一句を改変、または消去しようとしてあらゆる国の指導者が夢中になるのだが、そして熱中して工夫すればするだけいよいよ遠ざかり、新しい惨禍を彼らにもたらす結果となるらしいのだが、いったい成功した国がどれだけあるものやら。ないものやら。見当のつけようがない。

オーウェルはこの感覚にたちはだかり、〝ビッグ・ブラザー〟の顔をいたるところに氾濫させながら、かえってそのことによって実在人物としては消去してしまうという試みにでたのだった。ビッグ・ブラザーは実在してもいいし、しなくてもいいのである。内部党が『二プラス二は五だ！』と叫べば全人民が『そうだ、五だ！』とシュプレヒコールし、これにたいしていっさい疑ったり、絶望したり、沈黙したりしていることを許されないオセアニア国では、鉄釜の煮込み料理の話だけに熱中したい作家も、毎日朝からウォトカを浴びて眠りこみたい作家も、たたき起されて、『五だ！』と叫ばねばならない。トイレと野原をのぞくあらゆる場所にテレ・スクリーンがあってビッグ・ブラザーが『五だ！』と叫ぶのだから、いたるところに同時に存在する彼は、どこにも実在しなくてもいいのでもある。朦朧と、しかし熱っぽく〝人民〟と呼ばれる人びとのうち、痛苦を肉にうけてひたすら肉にとどめておくしか術《すべ》を知らないのは農民だろうかと思われる。オセアニア国の住民のうちで内部党員と若干の外部党員をのぞくほかは大半がこの農民の状態にある。または、農奴の状態にある。かつての時代には彼らが国家を意識するのは警官、徴税吏、それと徴兵吏、この三人の誰かが小屋へやってきたときだけで、本質において彼らは日常、しごきぬかれたあげくの絶対自由主義者であると規定され、感じられていた。ときに、いやしばしば彼らは、何も信じることなく『五だ！』と、嬉々として叫ぶであろう。そして集会や自己批判大会にでかけていって誠実そのもののまなざしでウソの告白に熱中し、その熱意によって新聞記者や人民委員を感動させ、小麦や稲の発育と世話を結果として怠ることとなり、その結果として無言のうちに自身とビッグ・ブラザーのバンドの穴をつめるという事態を生みだしてしまうのであると、推察される。名もなき警官、徴税吏、徴兵吏のほかに彼らの頑強な骨にこたえるものは何もないのだから、ビッグ・ブラザーは実在し、かつ、実在しないのである。だからこの処置をとったオーウェルが誰の立場にたつ決心でペンをとったか、もういうまでもない。それはオセアニア国の人口の八五%を占める、この国独特の、そして七〇年代以前以後の日本を含める全世界で流行の略語法そのままでもある略語法で〝プロレ〟と呼ばれる下層人民全般であった。

（内部）党の行なった恐るべきことは、ただ単なる衝動、単なる感情は意味がないと説得しながら、その一方で物質世界に対する人間のあらゆる力を奪い去るということであった。いったん党にとらわれたが最後、感じようと感じまいと、行動しようと行動を差し控えようと、文字通り何の違いもなかった。何かあれば蒸発され、人間の存在やその行動は二度と人の口に上ることはないのだ。歴史の流れからきれいさっぱり取り除かれてしまうのだ。

オセアニア国の中層クラスに属して《ミニ・トルー（真理省）》に働きながら上部の指令のままに史実の書きかえを職業としている主人公のウィンストン・スミスは女とランデ・ヴーし、窓から、庭に洗濯物を干している中年女の唄を聞く。唄はたわいもない恋歌だが、女の体は多産のために膨張、崩壊しながらも腰が牝馬のようにたくましい。

……彼らは一度も考えることを身につけた試しがないのに、その心と腹と筋肉はいつか世界を転覆させる力を蓄えているのである。

鳥は歌い、プロレも歌う、が、党だけは歌わなかった。世界じゅういたるところ、ロンドンやニューヨークでも、アフリカやブラジルでも、国境線のかなたにある神秘的な立入禁止の国々でも、パリやベルリンの街頭でも、果てしないロシアの平原にある村々でも、中国や日本のマーケットでも――それこそ何処でも、あの同じようにがっしりした征服し難い姿が屹立しているのだ。労働と分娩のために小山のような体格となり、生まれてから死ぬまで汗水垂らしながらも、なおかつ歌いつづけるのである。あの力強い腰部から、意識を持った種族が何時の日か生まれ出てこなければならぬ。自分は生ける屍だ。未来は彼らのものである。

奴隷は党や国家や観念にたいしてまったく忠実ではなく、ただ奉仕させられているだけであり、おたがいに忠実であっただけなのだから、ことばの絶叫と交換のために荒廃されつくした知識人にない起爆力が女の強大な腰と膣に手つかずのままで秘存されているだろうとウィンストンは感知する。この感覚はローレンスが別の形式と哲学で、下手くそと野暮をきわめてはいるが、圧倒的な切実さで女の腿のあいだから顔をあげて現代を告発したものと共通する。しかし、ウィンストンは直覚としてそう認識しながらも徹底的な組織・管理社会である一党独裁の一九八四年のオセアニア国で〝プロレ〟の蜂起が可能であるとは、ほとんど考えないのである。また、その〝プロレ〟がたとえ叛乱をやってのけたところで、ふたたび組織・管理・教条・統計・数字・シュプレヒコールの政治的ヒステリアを別の形式とことばで繰りかえすよりほかなく、つまりは《お上は顔が変るだけのこった》となるかもしれないこと、それを防止するにはどうすればいいかということ、そういうことについてウィンストンは何も考えない。禁圧があまりに徹底的、かつ凄惨なので、考えることができないのである。二階の窓から洗濯女の腰を眺めて何かを感ずること、そのこと自体にいっさいがあるという状況なのである。《反体制》はたとえアームチェアにすわっていてでも何かを感ずることがあったら、何でもいい、感じられさえするならば、ただそれだけで叛乱の全容が完成し、充実させられてしまう。そういう社会なのだ。叛乱が心情にだけしかない社会なのだ。それもただひとり自身の心のうちに芽生えさせておくだけで、日記に書くことも、広場で叫ぶこともできない、ましてや書店へいって棚からヴィタミン剤の瓶をとるように何か凄そうな表題の本をぬきだして家へ持って帰って読むということもできない社会である。ビラも作れず、同人雑誌もだせず、街頭レポもできない。道で出会った二匹のアリが触角でおたがいをまさぐりあうようにして叛逆心は廊下ですれちがいしなにたがいのまなざしのうちのある一瞬の閃めきで感知しあうしかないのである。

作品の完成度という点から眺めれば、私の読みとったところでは、『象を撃つ』と『動物農場』が口ごもることなくその場で傑作だと叫べるものだと思う。他の小説は『空気を求めて』にしても『牧師の娘』にしてもそれぞれ一長一短があって作者にたいする個人的好悪から評価の死活がきまってくるという点がある。そしてたくさんの頑強だが柔軟な、純金の率直さでつづられたエッセイは読んでいてしばしばじつに苦《にが》いものに出会うが啓示をうけることがはなはだ多い。『一九八四年』の随所にそれらの反射が見られる。この作品には彼の生涯にわたる経験や主張や技法が、破綻しているとはいえ、集中されていて、たとえば貧民街の描写にはかつてのパリとロンドンのどん底放浪の経験、〝プロレ〟に対する愛と期待——かなり濃いコンプレックスもふくめてだが——それはスペイン内戦に参加したときの感動、女がいそいそ全裸になり、いきいきと品のわるい口のききかたをしてセックスにいそしむことで国家権力を全否定するあたりの描写には『象を撃つ』で試《た》めしたことのある写実と象徴の技法ならびに発想法を……といったふうである。この作品は破綻がいっぱいあるが気迫と痛切さにおいて貴重な作品である。それは全体主義をえぐりぬき、スターリニズム批判だという点でジイドの『ソヴェト旅行記』、『修正』、ケストラーの『真昼の暗黒』を含むが同時に社会主義と自由主義とを問わず現代に濃く登場してきた諸病症をも衝《つ》いている点でさらに痛切なのである。それもこれも、何もかも、わかりきったことだと思われているから痛切なのである。自分に銃口を向けて発射された弾音のような圧力でそれらが書かれていて、読んでみて自分が何も考えてもいなければ感じてもいなかったのだとさとらされるので痛切なのである。

『ガリヴァー旅行記』によると、ある国のある一派の学者は言語の朦朧とした性格に手を焼いた結果、いっさいの思考のコミュニケーションは名詞と動詞で果たし得ると断ずるにいたった。コトバで何か物を、たとえば鍋なら鍋、棒なら棒を、『鍋』または『棒』というと、いったとたんにまたまた鍋とは何か、棒とは何か、鍋がさきに存在するのか、それともそれを意識する私がさきに存在するのか、私が鍋で食べるのか、それとも鍋が私に食べさせてくれるのか、鍋と某国の外交政策とはどんな関係にあるのか、原爆と関係があるのか、ないのか……その他無数の議論が氾濫してきて、たちまちおきまりの混乱に陥ちるにちがいない。そこでこの派の学者たちは、いっさい言葉を口にすることなく、ただおたがいに物を示しあうだけでたくさんではないかと決心するにいたった。学者たちは巨大な袋に鍋やら棒やら剣やら聖書やら止血薬やらをぎゅうぎゅう詰めこみ、それを肩にかついで外出し、あえぎあえぎ道をゆく。道でおなじ学派の学者がやってくるのに出会うと二人は袋をおろし、たがいにだんまりで鍋や聖書を交換しあい、そうしあうことで一連の思考の交換を完了すると、また袋をかついでよちよちと歩いていったという。

諷刺家の内心の憤怒や絶望や、水をぶっかけてやりたい衝動や、火をつけてやりたくなる衝動は、事の本質を直覚した瞬間に、疾走を起す。巨人化か矮人化か、その距離がめざましいほど効果は大きくなる。極端なイメージの衝突の絶妙さが私たちに何事かをさとらせつつもしばらく哄笑にくつろぐ自由をあたえてくれる。このとき諷刺家は内心の直覚におびえたり、危なっかしくゆれたりしながらも自身の生みだしたイメージに熱中し、現実との呼応、打算を忘れてしまっているはずである。現実をあくまでも直覚していながらそれを捨てる大胆に燃焼する術に身を托さねばならない。おそらくそのうらには自然と理性へのなみなみならぬ渇望が勃起していて、そのことを作者が知覚していないほど結果は絶妙なものになると思われる。『ガリヴァー旅行記』が、理性の国、馬の国のユートピアの部分ではこころなぐさめられてほのぼのとさせられはしながらもどこか物足りないのに、否定、罵倒、嘲笑のかぎりをつくしたデトピア諸国の部分がつねにいきいきとして新鮮なのはどういうことだろうかと思わせられる。デトピアはユートピアの一種にほかならず、ただ逆立ちの形をとったそれなのだから、すべてのデトピア作家はユートピア作家にほかならないと思わせられるが、スウィフトほどの鋭敏をきわめた異才にあっても肯定より否定の部分のほうが興深いという事実は、やっぱりユートピアは、一篇の物語りにあってさえ着手された瞬間に海の潮のように確実に、避けようなく遠ざかりはじめるのだという第一原理が実証されていることなのであろうか。

オーウェルをさして〝現代のスウィフト〟と呼ぶ習慣はすでに久しいが、実作についてこれを見ればどうだろうか。『動物農場』は諸性格の完璧な理解と定着だが、そして動物たちの微妙で生彩ある生態の描写がしばらく悲惨を忘れさせてくれ、そのことの功徳には稀れにこころ和《なご》む微笑をあたえられる。しかし、革命が進行、成就、堕落、変質の全行程をすすむにしたがって、それにつれて明滅、出没させられる諸性格と役割が、ここではあまりに完璧すぎるのではないかという、うらみも生ずるのである。『一九八四年』の主人公にオーウェルは、〝最高の書物とは読者にわかりきっていることを語ったものだと彼はさとったのである〟と名言を、めだたないようにつぶやかせている。それは、ひょっとすると、『ソヴェト旅行記』、『修正』、『真昼の暗黒』その他、その他、いかがわしいかぎりのものから高山の空気のように清潔なのまで、無数のスターリニズム批判が――フルシチョフの批判よりはるかに以前に、そしてその主たる内容のままに書かれていて、まったく予言ではなくて、ひたすら現実の報道であったが――書かれていて、すでに西欧の読者がうんざりしているはずなのに、自分がいま、ふたたび何事かを書かねばならなくなったことにたいする、謙虚な弁解であるのかもしれない。けれど、同時に、いくら書かれても書かれても性懲《こ》りなく、何も骨身にしみて知覚することなく、ただ他に求めて得られないスローガンの美しさにひかれてヒツジの行進が開始されることを目撃していたたまれなくなったことの訴えであるのかもしれない。どちらともとれるのである。

スウィフトなら、ひょっとすると、『動物農場』に、完璧のうえにさらに破天荒、突飛、思いがけないイメージをあたえて、めちゃくちゃな歪曲と誇張のうちに誤つことなく本質をさらに激しく啓示できたかもしれないと思うことがある。その逸脱ぶりによってかえって完璧が完璧となる、そういう逸脱の妙が加えられたかもしれないと思われるのである。オーウェルにそれができなかったのは、彼が終生、ある理想を内包しつづけて、そこから離れられなかったし、離れることをかたくななまでの誠実さで拒みつづけずにはいられなかったことからくるのかもしれない。スウィフトは狂ったが、オーウェルは狂わなかった。狂わんばかりに激情して必死の抗議の声をあげたが、それは狂うことを拒む激情からでもあった。

(ヘンリー・ミラーを発見し、すぐさま肯定してパリへ会いにいき、スペイン内戦に参加しないかと誘ったところ、ミラーに、みんながスペインへいくのは好奇心からなのだといわれてことわられるいきさつを淡々と描いたオーウェルのエッセイは興味深いが、スウィフトについて書いた彼のエッセイも面白い。彼は少年時代からスウィフトを愛読し、ベッドの汗や愛液の匂いに耐えられない特異体質のゆえにスウィフトが、やがて、女と人類を全否定するにいたることを知る。そして、当時のオーウェルの政治的信条からするとスウィフトは救いがたい王政復古の反動だということになるのだが、いくらそう断罪しても、読みかえすたびにスウィフトの作品は魅力を減ずることがなく、かえって面白さを増すばかりであり、それはどのようにも否みがたい事実なので、政治と文学は相関しながらもついに別物なのだとさとるにいたる。おおむねそう読みとれる、おそろしくきまじめな彼のエッセイは、自身の感性にたいする徹底的な誠実とそこから生ずる迷い、そのあげくの結語として、うつものがある。政治と文学は別物だという意見はわが国では定説となっているかのように、例によってわかりきったことの意見のようになっているが、じつはひと皮めくれば、何の確固たる定点もなくてグラついているもののように見えるので、一読されることをおすすめしたい。）

傑出した諷刺作家の作品として『一九八四年』を読むと、『動物農場』よりもさらに欠陥にみちていることがわかる。なぜなら、それはあまりにも現実に即しすぎている印象をあたえるからである。想像力の奔放さを充分に抱きながらも、架空国に発生し、はびこる権力の、窒息的な心性の解明に必死の抗議をあげつつ彼はそれに足をとられてしまい、無碍《むげ》の自由を失ってしまうのである。彼が創設したオセアニア国は、禁圧と政治的ヒステリアにみたされ、人びとは朝めざめるときから夜、寝床に入ってその、その夢のなかまでも監視され、消毒され、管理され、支配され、ふと洩らすなにげないひとことに匂うアトモスフェールから翌日、蒸発させられ、すれちがいざまのまなざしを読んで思想警察の罠にかけられて拷問をうけ、子は親を密告し、恋人はたがいに裏切りあうことを強いられ、セックスは繁殖のためには肯定されるがそこに悦楽を味わうことは禁圧されるという社会である。それでいて政府の〝ポーノ・セック（猥本課）〟はひそかに匿名で猥本を印刷し、流布させ、〝禁書〟を読んだというひそかな感動のために国民が不満感を忘れてしまうことを計るという精密さである。この猥本は、猥本というよりは、〝禁書〟と解したほうがより正確で、叛逆心にめざめた主人公がひそかに入手して読みふけるゴールドスタイン著『少数集産主義の理論と実際』の哲学論文と、質においてひとしいものと思われる。相違は、猥本に読みふける人間は拷問されず、叛逆論文に読みふける人間はたちまち逮捕されて電流を浴びせられたり、ネズミに食われたりする、という点だけである。

この作品は組織と科学技術と深層心理学を総動員して『人間が人間を食う』という原理の徹底的な展開と工夫にふけっているのであるが、オーウェルは架空に賭けるよりも、より深く、目前に迫った現実に賭けてしまったために、スウィフトのように狂うことを拒んでしまったがために、奔放と精緻にうながされればうながされるだけ架空をいよいよ失っていくという結果に陥ちこんでしまったようである。ある事の本質についての直覚を確保していないと架空はアスピリンを嚥《の》んで汗に苦しむ子供の悪夢と大差ないものになってしまうが、オーウェルは本質の直覚についてあまりにもしたたかな、具体的な、記憶を持たされてしまったので、おそらく執しすぎ、憑《つ》かれすぎたのだ。そして、ほぼ二〇年前にこれは書かれ、公刊されたが、その後の二〇年間に地球のあちらこちらで発生したまぎれもない事実についての私たちの、知識としての感覚――あいかわらず朦朧として苛烈、苛烈でありながらいつまでも朦朧としたものだが――それをあまりにもこの作品は直叙しすぎている、という、オーウェルにとっての不幸な光栄が氾濫した。ために、現実は作品に匹敵するか、凌いでしまうかで、またしても〝わかりきった〟ものとして、この作品から〝謎〟が消されてしまったという事情がある。この作品を読んで、もし〝わかりきっている〟という意見が洩らせられたら、すでに作者がそう言明しているのだから、注意深い読者ならたちどまらなければならないところである。〝自明の理〟が何ひとつとしておこなわれていないこのような事実の群れを目撃すれば、それがうかつにつぶやけない唯一のタブーであるらしいことは、自然にうなずけようではないか。作品の欠陥と破綻を嘆じつつも、それゆえにうたれずにはいられないものがあって、私は頁を繰るわけである。

わが国の業界用語で一般に〝スーハー小説〟、〝スーハーもの〟、昨今では〝失神もの〟と呼びならわされている種の猥本が、オセアニア国では政府が印刷して、アングラ配布をやっているらしい。果してそれが純潔と寡黙と徹底的忘我の献身を要求する政策のなかでどのようにスーハーであり、どのように登場人物たちがのけぞりあうものなのであるか、詳細はまったく作品中で知らされていない。しかし、それが小説製造機にかけて作られるものであるという一行か二行かの説明を読んで、おのずから、ああ、あの程度のものかと察しはつくのである。これを製造している〝ポーノ・セック（猥本課）〟では、関係者がまったく内容を知らず、ただ製造したものをどこかへ流す仕事をしているだけである。その目的はさきに述べたように、どれくらいイデオロギー教育のＤＤＴやいがらっぽい石炭酸を日夜浴びせたところでムクムクとどこからこみあげてくる下層階級——人口の八五％を占めるが——の反抗心、不満、不定愁訴を、〝禁書〟を読むことそのものの快感で蒸発させてしまおうという意図からであるらしい。政府自身が〝禁書〟をひそかに配布するのである。しかも政府は、道徳刷新事業としていっぽうで〝青年反セックス連盟〟を組織して逸脱の徹底的取締りに熱中しているのでもあるから、ここに生きるのはむつかしいことである。私にいわせると、悦楽ほど人を個別化し、それにおぼれさせるものはないのだから、集団化の革命を計る指導者たちはことごとくこれを〝背徳〟ときめてかかって禁圧に熱中するのだが、禁ずれば禁ずるだけ、いよいよそれはひそやかな場所と時間で濃厚、猛烈なものとなっていくのではあるまいかと思われる。猥本を読むことは性の潜在力を失わせる結果となるのだから、オセアニアの組織体は正しくヒトの弱点を見ぬいていて精妙と思えるが、それが小説製造機で自動的に乱作されるものなのだという点でオーウェルは何かを保護したい気持を述べたものとも思われる。この意図を少し私勝手に演繹すると、活字媒体における自由主義国のセックスの安直きわまる氾濫が、けっしてセックスの解放でもなければこの道のパワーの強化にはなっていず、むしろ薄弱化と汚穢化にすぎないことを衝《つ》きたかったのではないかとも思われる。そう読むこともできるのである。そして、セックスに関しての〝禁書〟が、本質的に何の破壊力をも持っていないのだということをいいたかったもののようにも読める。自由社会でも不自由社会でもその影響の及ぶ領域はついに個人の官能という皮膚面積からさほど拡大するものではないのである。

　しかし、そうではあるとしても、オセアニアで反体制の衝動を抱いた人が実践に移せる行動といっては、さしあたって恋のほかに何もない。テレ・スクリーンや思想警察やスパイ狩りに熱狂する子供の眼やらをのがれてツグミがさえずり、ウグイが尾をふる小川のある郊外にでかけても、茂みのどこかにセットしてある隠しマイクを恐れねばならない。オーウェルの生涯にわたって書かれた文章は権力の荒涼とした残忍と自然の温和な豊饒とのあいだを往復していたといってもいいすぎではあるまいと思われるが、硫酸を流したようなこの作品のなかでもこのランデ・ヴーの場だけには陽が射している。

向こう側にある見すぼらしい生垣では、ニレの枝がただそよ風に小揺れし、密生した群葉は女の髪みたいにかすかにゆらいでいた。きっと近くのどこかに、視界にこそ入らないが、小川が流れているはずだ。そして緑いろの淀みにはウグイが泳ぎまわっていることであろう。

「この近くに小川がなかったかね」

彼は囁《ささや》いた。

ウィンストンの眼のまえで女は服をかなぐり捨て、全裸になるのだが、彼をさらに恍惚とさせたのは女の奔放な放言であった。女はこれまでにこんなことをしたことがあるかとたずねられて、何十回となくあると、平気でいいはなつ。ウィンストンはそれを聞いて心躍るのである。彼にとって頽廃は人権宣言であり、不倫は純潔なのである。内部党の統治下のオセアニアの大洪水的な禁断の氾濫、官製〝美徳〟の抑圧と狂気のさなかでは、ウィンストンとしては、〝彼らを腐敗させ、弱体化させ、威信を傷つけることなら何でも〟やってのけようと昂揚を抱かずにはいられないのである。

「いいかね。君の関係した男が多ければ多いほど僕の愛は深くなるのだ。わかるね？」

「ええ、よくわかるわ」

「僕は純潔なんて嫌いだ、善良さも真っ平だ。どんな美徳も存在して欲しくないのさ。どいつもこいつも骨の髄まで腐ってしまえばいいと思うのだ」

「じゃ、わたしはおあつらえ向きの相手よ。わたし、骨の髄まで腐りきってるもの」

「こんなことをするのが好きかね？　僕とだけするという意味じゃなくて――つまり、あれそのものが好きかということなんだ」

「好きでたまらないわ」

若くて弾力のある肉体は、いまや頼りなげに眠りこけていたが、その姿は彼の心に哀れみとかばってやりたいという感情をかきたてた。しかしツグミが囀《さえず》っていたとき、ハシバミの木のしたで感じた無心のやさしい心はついにもどってこなかった。彼は投げかけてある作業服をひいて、彼女の白い滑らかな肉体をしげしげと眺め入った。昔は男が女の肉体を眺めて慾情を感ずれば、それで十分だったと彼は思う。ところが今日では純粋な愛情も純粋な慾望も抱くことはできない。もはや純粋な感情というものは存在しないのだ。何もかも恐怖と憎悪が入り交っているからである。二人の抱擁は一つの戦いであり、その最高潮は一つの勝利であった。それは党に対して一撃を加えることであった。それは一つの政治的行動であった。

引用が不適切だったかもしれないが、凄惨な貧民街や、対敵憎悪で絶叫をしいられる群集や、スパイ狩りと死刑ごっこに熱中する子供や、『勝利ジン』の舌ざわり、あらゆる種類の物と人から発する悪臭、これらの描写のつづくあとでは、この不器用な、野暮な、頑強な恋の解明も優雅を射さずにはいられないのである。オセアニアの内部党が人民に要求してやまない〝純潔〟の一つは、それをセックスについて見れば、子供を作ることはいいが官能をむさぼってはならないということなのだから、草むらのなかで歓びをとげたウィンストンのそれが〝党への一撃〟と書かれるのは避けられないところであった。これは方角のちがうジュリアン・ソレル衝動である。

女は用心深くて、鋭敏で、具体的だが、ウィンストンが知ったところでは党のイデオロギーにも、その理論構造にも、自分の仕事（ポーノ・セックク）にもまったく関心がなく、頭からバカにし、説教されるとぼんやりして退屈してしまうし、本を読んでもらってもそれが自身の渇望する叛逆についての理論でありながらスヤスヤ眠りこんでしまう。

「君はウェストの下だけが叛逆者なんだね」

彼は彼女にそういった。彼女は今の言葉を素晴しい洒落だと考えて、嬉しそうに両腕をひろげて抱きついてきた。

男を愛することに熱中して、いっさいの権威を鼻でせせら笑い、ただ要求されたり刺激されたりしたときはされるままにみんなといっしょになって党のスローガンを叫びはするが、内心にはまったくきざまれることがない。しかし、自分が〝プロレ〟とちがって知識人クラスに属するためどこかに徹底的な死滅のあることを感じていて、中庭の洗濯女のすさまじい腰に見とれ、羨望をおぼえる。『真昼の暗黒』の、シャンパン・グラスの恰好に似た、雪のような乳房と野生の牝馬のような太腿を持った女にはこの女のような放埒な不死身ぶりは見られず、温かい影のようにゆっくりとあらわれ、ふいに消されてしまうのだったと思う。オーウェルは女を書くことにかけてはおよそ下手な作家だったが、このジューリアに、ある時代にもなければならぬとねがった純潔な奔放と、本能のすこやかさを書きこみたかったのであろう。不滅、不敗、無謬、完璧の党はまもなく二人を逮捕し、徹底的に電流を浴びせて拷問し、改造し、『二プラス二は五だ』と、信念をもって復唱できるよう、苛烈をきわめた手段で〝適応〟させてしまう。そして二人をおたがいに裏切らせて、粉砕してしまい、一挙に老衰させてしまう。オーウェルはこの時代には〝ウェストの下だけの叛逆者〟も存在し得ないことを実証したかったのだと見るのが正確と思われる。しかし、全篇を読みとおしたあとで、女と自然とベッドの登場する部分をあらためて読みかえしてみると、異端糾問官、権力の陶酔者オブライアンが大時代きわまる奴隷の叛乱とさげすむ人間の情熱の愚しさに、ひそかにオーウェルは期待するところがあったように思えてもくる。たとえそれが革命に成功することがあったとしても、ふたたびおなじ時代を繰りかえすだけに終ってしまうかも知れないのだという予感は、ウィンストンの読みふける少数者支配の理論が、権力の構造を分析、解明はしていても、解決篇を欠いているという措置から、漂ってくるのである。にもかかわらず、やっぱり作者は、期待しているところがあるのではないかと感じさせられるのである。『動物農場』が痛惨を描きつくしながらそれを感じさせないという離れ業に稀れに成功したようなふうにはいかなかったが、何かしら匂ってくるものがある。それは物語りのテクニックのどこからくるのだろうか、それとも文体からたちのぼってくるものなのだろうか。

2

文章を売って暮すようになる以前に、何年間か、私はウイスキーの宣伝文を書いていたことがあった。当時、その会社の東京支店は蠣殻町の裏通りのわびしい運河のほとりにあり、吹けばとぶよな木造二階建で、どこにいても御叱呼のしめやかな匂いがただよってくるような家であった。その匂いをたどっていくと薄暗い原点があり、濃厚にしめやかな闇にしゃがんで奮戦したあと、「紙ィィィ、誰かきてェェェ……」と、ものうげに叫ぶと、すぐ近くから誰かがとんできてくれそうであった。

正午になるとオデン屋が屋台をひっぱってきて、豆腐屋のラッパをプオーッと吹くと、近所の名刺屋のおばさん、下駄屋の娘、オートバイ屋の兄さんなどが鍋や皿を持ってでてくる。ツミレ、アオヤギが一本十エン、サツマ揚げやゴボウ巻きが一本五エンではなかったか。いがらっぽい冬の風が塵埃を吹きつけ、運河のつめたいヘドロの一昨日《おとつい》のはよく匂いがよどむ町角で首をすくめ、一串ずつ、今日はちと浅いなとか、ダシがしみてたのに、などといいつつ立食いするのは、なかなかのたのしみであった。そのあとトラックが通るとゆらゆら揺れそうになる部屋にもどって、PR雑誌用に、コニャックとアルマニャックはどう違うかとか、モエ・エ・シャンドンのシャンパンは何度で冷《ひ》やすのがいいかなど、純粋想像批判ともいうべき文章を煙りのように書くのである。ときにはシャネルとディオールはどう違うかなども書いた。

明けても暮れても私はウイスキー用の言葉をタンポポの種子《たね》のように散らすことに従事していたわけだが、夕方五時がすぎても仕事が終らないと茶碗でウイスキーをすすった。敗戦後しばらく、現金不足のために、給料をゼニではなくてブツで払う習慣が、わが国のいたるところに見られたが、お店にもその名残りがあった。労働組合がウイスキーを作り、切符を社員に配り、それで社長から受付嬢までが買う、一般には市販されないウイスキーがあったのである。スコットランド民謡の〝……おお、うるわしの、ロッホ・ローモンドよ〟の、その湖の名をラベルに金刷りにした、なかなかシャレた瓶なのであるが、関西出身の社員たちは「ローモンド」とは呼ばないで、ローやん、ローやんと呼ぶ習慣であった。ローやんはそういうわけで、いわばウイスキー界の私生児だったのだが、オールドの樽の残量如何で工員の工夫により味がよくもなり、悪くもなるのだという伝説に包まれていた。つまりオールドを瓶詰めしたあと樽にのこったのがあると、すばやくそれをローやんにまぜて瓶詰めにするのだという、まことしやかの説である。誰もまともにとっているものはなかったが、新しい瓶の栓を切り、ひとったらしすすってみて、今度はいいのにアタッたのではないかしらなどと、通《つう》めいたことがいえる。そういうはかないうれしさのあるのがローやんであった。

茶碗でローやんをすすりつつ、運河の黄昏が窓に沁みていくのを眺めていると、くたびれた私は、よく、政治宣伝をやってみたいと思うことがあった。商業宣伝はどれくらい眼のくらむような巨費を行使したところで、最終的な拒否権は消費者にある。競争が激化すればするだけ、消費者はどれにしようかと迷うので、いよいよ拒否権は高まるわけである。しかし、政治宣伝となると、そうではない。これは眠っている人の夢のなかまで追っていって生殺を支配するのである。しばしばそれは〝大衆の強姦〟となる。強姦であり、強奪であり、劫掠《ごうりゃく》である。それを私はやってみたくなったのである。政党は何でもいい。左翼でもいい。右翼でもいい。私自身はどんなイデオロギーにも染められることなく、幕裏で、自身の散らす放射能で充満した言葉を一語も信ずることなく、集団を強姦、略奪してみたい。そういう衝動がむらむらとこみあげてきてしようがないのである。おならと息の匂いにむせかえった満員電車ではこびこまれ、はこび去られる羊群の一頭の復讐の夢である。

わがローやんにそそのかされて、ふくらみだしたこの朦朧とした、とらえようのない憎悪を、さらに精緻にし、強化するために、私はさまざまな書物、ことに宗教革命や政治革命のそれを読むとき、いかなる状況に、いかなるスローガンが創案され、いかなる技法で行使され、どう感じられ、何を生みだしたかという、もっぱら宣伝屋の眼で細部を読む習慣を身につけた。これは正史を外史の眼で観察する読書法だったわけだが、そのうちに、それ自体が厖大、広漠、深奥をきわめたテーマであることに気がついて、茫然ともし、たじろぎもした。そしてチャコティンの著作『政治宣伝による群衆の強制』に出会って、私が感じていたことは、とっくにあざやかに分析、集積されていることを発見した。アメリカでもフランスでもこの道の研究はとっくに着手され、体系化され、数多くの著作が刊行されていて、せっかく歴史を宣伝というメスで切りとろうと思いたったのに、それは独創でもなければ新鮮でもなく、すっかり指紋にまみれた方法であることを思い知らされ、シャボン玉はパチンという音もたてずに砕けてしまった。ひとつの出口を失ってしまったわが毒をなだめなだめ私はアオヤギを食べ、ローやんを飲むことにもどる。

チャコティンの研究は、おそらくこの道の〝方法序説〟とでもいうべきものかと思われるが、他のいくつもの論考が、時代とともに多種多彩の集団ヒステリア、または情熱の劇の実現を目撃するに及んで、分析の精妙は加えていきながらも、けっして彼をしのげないでいるらしい事実は、時代の荒涼もさることながら、結局、彼が脱漏は多いとしても一人の鋭敏な観察家であった証拠で、その論は名作と呼んでいい仕事だったと思われる。〝名作〟に目のない日本の出版界がどうしてこの本を出版しないのか、怪しまれもし、惜しまれもする。政治宣伝の歴史には時代、時代の心理、感性、生活、その他、いわゆる歴史そのものが含まれるうえに、いかかる思想がいかに実践に移され得たか、得なかったか、また何が成就し、何が成就し得なかったかが、じつに明晰に観察されるのである。それは技術史が、そのまま思想史ともなり得る広大な畑であるように思われる。

戦争は平和である
自由は屈従である
無知は力である

オセアニア国の朝から深夜まで、大通りからトイレまで、官庁からベッドまで、浸透しつくして叫ばれつづけているのが、このスローガンである。オーウェルは、凄惨苛烈、ただならぬものにみたされた同国の全貌を説明するために、このスローガンを創案したのだったが、これは読者にたいして作者が啓蒙家としてはたらこうとした失敗ではなかったかと思われる。なぜなら、これまでにも、また今後にも、いかなる社会といえども、政府が人民に呼びかけるスローガンに〝屈従〟や〝無知〟が登場することは、まずあるまいと考えられるからである。例外としてヒットラーの『わが闘争』がある。彼はこのなみなみならぬ書物のなかで、政治宣伝を分解して、大衆は女みたいなものだから、アレかコレかと判断の材料をあたえると衰弱、混乱するばかりであるから、つねにコレだとだけ示さなければならないと、ズバリ、いいきっている。また、大いなる嘘には人をして何か真実と思わしめる何かがあると、これまたズバリ、いいきっている。つまりおれはいまから諸君をだましにかかるのだぞと、いってるのである。手品のタネを公開しておいて、それから手品を演じて、まんまとワイマール市民を陶酔させるという離れ技を演じたわけである。しかし、それはこの書物のなかだけであって、以後彼が叫びつづけたニヒリズムの革命のスローガンは、ユダヤ人排斥であり、血と土であり、東方に生活圏を、であり、第一次大戦の戦勝国への復讐であり、ワグナーの青銅のとどろきだった。おそらく彼は自身の言葉を何ひとつとして信じていず、同時にまた自身をそれに托してもいたのであろう。
日本軍に浸透されて防遏《ぼうあつ》できず、惨憺たる敗北と劫掠をうけた中国人たちは、全人民、全学生に呼びかけて抗日の一致協力を訴え、つぎのようなスローガンを編みだした。

有銭的出銭（金あるものは金をだせ）
有力的出力（力あるものは力をだせ）

何人の作によるのか不明だが、こういうのを名句というのだろうと思う。短く、おぼえやすく、率直さにおいて匕首《あいくち》に似た迫力があり、徹底的簡潔さでは、ほとんど詩をおぼえるほどである。そして名句の常として、戦争のためのスローガンであるだけでなく、人生の他のあらゆる場においても使用できるひろがりを持っている。このような名句が登場するためには、真に肉を裂き、骨を砕きにかかる痛惨がなければならず、その痛惨のさなかで言葉が精溜、また精溜されたわけである。ゆらゆら揺れる紙屑箱のような二階の窓ぎわで、なにげなく日中戦史の一冊を読んでいたとき、ローやんの熱い、うるんだ霧のなかで、この一句に出会い、思わず眼を瞠った記憶がある。

ここ二十五年間、つまり敗戦のときから今日まで、日本の極左から極右にいたるいっさいの政治グループは、絶えてこのような名作を生んだタメシがないが、おそらくそれは、髄にまでひびく痛切を抱くことがなかったからではあるまいか。言語にも現実にもほんとに痛惨を抱くことがなかったからではあるまいか。

オーウェルほどの苦労人が、なぜ、表現しないで説明しようとする誤りを犯してしまったのか、私にはわからないが、ひょっとすると、説明しながら諷刺を同時にやってのけてみせようという逆手の構想があったのかもしれない。諷刺のためには、前に書いたように、誇張と同瞬間に矮小化し、巨人化すると同瞬間に小人化する、何か突飛で破天荒な、とんでもない異物のイメージの衝突が必須なのであって、説明や啓蒙の情熱は抑制され、遠ざけられ、背景のかなたにおしやられなければなるまいものと思われる。全篇を通読したあとの味わいとして、それがどこにも試みられなかった残念さを抱かずにはいられない。喀血をこらえこらえ、ほとんど遺書を書くようにして彼はこの作品を書いたのだから、自由擁護の全篇に波うつ気迫のリズムに圧倒され、敬服をおぼえずにはいられないとしても、死にかかっている男に鞭を浴びせるいたましさをおさえて、やっぱりプラス・アルファがほしかったと、どうしてもいいたくなるのである。

三つのスローガンのうちの一つ、《戦争は平和である》をためしにとってみよう。オセアニア国はたえまなくユーラシア国とたたかっていて、そのため人民は餓死はしないまでも、御叱呼や雲古の匂いのみなぎった部屋や酒場で暮し、硝酸のような味のするジンを飲み、ゴム屑を嚙むようなシチューを嚙むしかない貧困を強《し》いられているのであるが、広場で熱狂的演説をぶつ弁士は途中で紙きれをわたされ、交戦国がユーラシア国ではなくてイーステイシア国だと知らされても、まったくとりみだすことがなく、それまでユーラシア国に向けていた憎悪を一瞬、スイッチをひねるようにイーステイシア国に切りかえて熱弁をつづける。そしてそれを聞いている大群集には、口笛も、囁きも、抗議も、デモも、何も発生せず、ただ雄弁に耳をかたむけて、熱狂的に拍手、喝采、叫喚をつづけ、やがて散ってゆく。この劫掠されるままである大群集のシーンは、そこにのしかかる、あの巨大な沈黙は、独ソ協定調印の発表や、フルシチョフによるスターリン批判や、どんな大状況の大転換がおこなわれてもソヴェト全土に何の混乱も生じなかったあの群集の歴史的沈黙をただちに想起させる。そしてまた、私自身の経験にこれを見れば、静かでよく晴れた八月十五日を通過したとたんに、〝鬼畜米英〟が〝救世主〟となって登場し、ラジオはおなじ声音で、〝民主主義、ラ、ラ、民、主主義〟と晴朗にうたいはじめ、しかも国民は聡明ともあさましさとも不屈ともつかぬ順応力によってやすやすと新事態に順応していった、あの奇妙で圧倒的な沈黙をまざまざと想起させられる。やがて金日成や毛沢東が死んで、後継者が彼らをいかに痛罵する事態が発生しても——するかしないかは目下のところ不明だが——やっぱり半島北部や大陸には不思議で奇妙で圧倒的な沈黙が発生するのではあるまいかという想像をも、このシーンは刺激する。私にとって不満なのは、この作品がいたるところで、そのように、あまりにも現実的すぎるという点である。ある徹底的な洞察と指摘の冷厳さにうたれはしながらも、何か奔放なイメージの飛翔を私は求めたがっているらしいのである。架空の国を語りながら、喀血のために翼を折られたオーウェルは地に低くとびすぎたのである。そのことを私はかえすがえすも惜しんでいる。

BB（ビッグ・ブラザー。偉大な兄弟）と肩を並べてオセアニア革命に挺身したが、やがて追放されてしまった、やせていて顎にヤギひげをたくわえたゴールドスタイン——この肖像があまりに率直にトロツキーを連想させるのもこの作品の弱点である——その地下出版の著書の論によってオーウェルは、《戦争は平和である》の一句の背後にある権力の生理を解説し、この逆説がまぎれもない正説であることを説いている。それはおおむねつぎのような理由によるのである。たぶん新石器時代あたりからであろうと思われるが、人間の社会には一つの秩序があった。それは、上、中、下の三つの階層である。歴史には無数の動乱、革命が繰りかえされ、しばしばこの階層構造そのものを変革しようという試みがなされたが、変動のさなかにあっては一時姿を消すように見えることはあっても、波が静かになると、やがてかならず不死鳥のように新しい三階層が登場した。時代によってこの三つの階層の名称は変ったけれど、それが上、中、下の秩序であることには、微動だも変化が起らない。上は中と下を支配するが、長期の支配のうちに生命力が枯渇し、鈍磨か、硬直かによって、打倒される。中は上を倒してその位置につくため、しばしば自由と正義の名により、あたかも下を救済し、その味方であるかのごとく行動し、下の力によって上を打倒する。下のうちのあるものは上の追放後、新しく発生した中となるが、圧倒的に多数の下が新社会にも存在する事実そのものに変化は生じない。下が変革によって得るものはかつて棄ておかれるままであった飢餓や貧苦から一歩ぬけでられることであろうが、しかし、だからといって、階層を変えたことにはならぬ。不平等と非自由の権力の構造は依然として持続されるのである。

さらにゴールドスタインは説きつづける。近代戦争の基本的な目的は、一般的な生活水準を引揚げずに、工場製品を消耗することである。戦争の本質的な行為は、必ずしも人命の破壊にあるとはかぎらない。むしろ労働による生産品を破壊することにある。人民をあまりにも安楽にし、だから人民をあまりにも知的に、破壊的なまでに知的にさせることになる物質を粉砕することにある。戦争は、つねに、人民の要求をぎりぎりの線で充足させたあとにのこる余剰のすべてを、消費する努力のことなのである。つまりそれは究極的には、社会の階級制を維持するために払われる努力である。したがって、オセアニアがユーラシアと戦争をしようが、イーステイシアと戦争をしようが、またはどの国とも戦争をしなくても、本質的にはどうでもいいことなのである。空のかなたや深海をめざす巨大兵器を、莫大な剰余エネルギーの消耗によって生産しつづけるならば、目的は達しられる。寺院やピラミッドの建設でもかまわないわけだが、これは心理的な基礎を作らないから、避けねばならぬ。問題は人民の士気ではなくて、内部党自体の士気である。どんな下級党員でも有能、勤勉、そして若干知的であることが望ましいのだが、同時に無知な狂信者として、恐怖と憎悪、追従と乱痴気騒ぎの勝利感にひたれることが必要なのである。党が党員に要求する知的な分裂は、戦時の雰囲気のなかでは容易に達成される。まさに内部党においてこそ、病的な戦争熱と敵への憎悪は強烈をきわめる。党員はときに戦争自体がでっちあげだったり、全く発生していなかったり、あるいは開戦されても、宣戦布告のそれとは全く異る目的のために開戦したのだということに気がつくが、けれど同時に、オセアニアが全世界の盟主としてかならず勝利を収めるのだという神話的な信念は微動もしないのである。これはオセアニアのみならず、ユーラシアにおいても、イースタシアにおいてもまったく同様である。昔の戦争から判断すれば、現在の戦争は一種のごまかしにすぎないのだ。それはたがいに傷つけあわぬ角度に、角の生えたある種の反芻動物がおこなうたたかいに、酷似している。また三国は、たがいに倒れないようにたてかけあった三つの藁束にも似ている。いまや戦争は、純然たる内政問題となったのだ。各政府は、戦争のかわりに人民にたいして、戦争をしかけているのだといえよう。たとえ三国が、戦争のかわりに恒久平和に生きようと意見が一致したところで、結果においてはほとんど変るところがあるまい。なぜなら、たとえそうなったところで、各国はやっぱり自己閉鎖的な世界にとどまるだろうからである。だから、真の恒久平和は恒久戦争とおなじなのだ。これこそが《戦争は平和である》の真の意味なのである。

三つのスローガンのうちの第一句についてのゴールドスタインの解説は、おおむね右のようである。この戦争論を、オーウェルの師のスウィフトと比較してみると、興味が深い。ガリヴァーが歴訪する、あれら愛すべき破天荒の逸脱に没頭しているデトピア諸国の一つでは、卵を割るのにどちらの端からさきにするか、太いほうから割るか、細いほうから割るかで、大戦争がはじまったとのことである。師のこの匕首的喝破の簡潔にくらべて、二〇世紀の弟子は何と七転八倒しなければならなかったことか。読んでいて白熱の呼気にうたれつつも、息がつまってくる。どう見ても悪い時代である。この戦争論が窒息的なのは、現在の世界のあちらこちらの大国間でおこなわれている巨大兵器、巨大発明の、とどまるところを知らない競争ぶりが、そのまま連想される点である。またしてもオーウェルは、あまりの純潔、率直の誠実のゆえに、読者をしばし飛翔させることに失敗したようである。みごとな分析の精緻さと正確さをもたらしはしているものの、作品としては失点も大きかった。その失点の貴重さが、同時にこの作品に例の少ない価値をあたえていることは、何度も繰りかえしておかなければならないけれど……

オセアニア国は、スローガンを人民に浸透させるためにテレ・スクリーンを使う。二分間憎悪というキャンペインをする。いたるところの壁にテレ・スクリーンがあり、それは映画を写すと同時に観客を監視し、警告を発し、二十四時間のうち一瞬も油断、弛緩を生じさせないようになっている装置であるが、対敵憎悪、対ゴールドスタイン憎悪をあらゆるイメージと騒音を二分間に濃縮し、それを見たり聞いたりしていると、生理的に耐えられなくなってとびあがり、叫びたてずにはいられなくなる。明けても暮れてもそれを繰りかえすのである。つまり、条件反射の応用である。政治宣伝の歴史をしらべてみると、条件反射の原理は、かなり早くから知られ、実践されていて、パヴロフより政治屋のほうが抜目がなかったわけだが、パヴロフ以後は、いよいよハッキリそれと知覚して、諸国で行使されるようになった。そして古い時代には、雄弁や誓いだけですんだものが、大人口を一つに鋳《い》こむために、音、光、色、電波、映像など、あらゆる媒体によって、五感を劫掠にかかる。ハックスリィも、オーウェルも、大半のSF作家も、チャコティン、ドムナックのような政治宣伝研究の専門家も、中央集権化された絶対権力が浴びせにかかる条件反射の、この技術の暴力から人をどう保護してよいかという大問題に出会うと、かならずペシミズムに陥ちる。どうしても陥ちる。政治宣伝の数多くの技術的原理を分析、抽出、整理することはいくらでも緻密にやれるのだが、かならず最終に条件反射が登場することになり、そこでうなだれてしまうことになるのである。

ベルを鳴らすたびに餌をあたえていたら、イヌはベルを鳴らすだけで唾を分泌するようになるが、これを飼いイヌと野良イヌについて実験してみると、飼いイヌはあっけなく条件づけられてしまうが、野良イヌははるかに時間がかかった（それとても時間の問題にすぎないが……）。この現象を専門家たちは〝自由反射〟と呼ぶことにしたらしい。野良イヌはおそらくその多彩な放浪の記憶によって餌はかならずしも一つの条件だけで入手できるものではないと知っているため、限界状況のさなかでも、ベルに順応するのに時間がかかるというものであろうかと想像するわけだが、その時間だけが自由なのだという結論になる。このような事態が発生する以前に抵抗せよ、という叫びか、野良イヌになれ、というつぶやきしかないのだが、イヌはイヌなのだ。遅かれ早かれ唾をだすようになるのだ。過去に諸国で何事が進行したかを調べていけばいくだけ、いよいよ私も汚水のような絶望に浸されていった。ローやんは苦《にが》くなるばかりだったのである。その絶望のゆえにかえって大衆を劫掠する側になろうという、とらえようのない、逆立ちした復讐の夢をふくらまそうとしたのだが、ローやんからさめたあとには荒涼とした干潟のようなものしか残らなかった。

スウィフトが人間の言語活動の救われなさに憤怒を抱いていたらしいことは前に書いたサンタクロースのように大袋をかついだ物々交換学派の姿で察しがつくのだが、衣鉢をついだ弟子のオーウェルは全体主義の本質を『新語法《ニュー・スピーク》』で明示してみせた。この抜群のイメージにはある徹底した思考がこめられている。その飛躍ぶりは興奮させ、喚起させ、ひきずりこまずにはおかないものがある。日本の全体主義は英語を〝敵性語〟としていっさい禁圧したので自動車のハンドルのことを窮したあげく、たしか、〝前後左右自由操縦器〟などと呼んだはずだと、戦争中の少年時代のことをさまざま思いだしたりするのだが、オセアニア国の場合はさらに精密化を推進している。硝酸のようなジンを飲んで後頭部を棍棒でなぐられたように感じ、涙を垂らし、だんごに似た灰いろのシチューを食べているウィンストンのところへ知人の言語学者がやってきて、つぎのように語る。この男は国語改革を職業としているのである。

「美しいことだね、言語の破壊というのは。むろん最高の浪費は動詞と形容詞にあるのだが、同じように始末すべき名詞も何百とあるね。同意語ばかりじゃない。反対語だってそうさ。結局のところ、ただ単に或る言語と正反対の意味を持つだけの言葉なんて、一体どんな存在価値があるというのかね？　一つの言葉はそれ自体、正反対の意味も含んでいなくちゃならん。たとえば、〝グッド〟の場合を取り上げてみよう。〝グッド〟みたいな言葉があるなら、〝バッド〟みたいな言葉の必要がどこにあろう。〝アングッド〟でじゅうぶん間にあう――いや、その方がましだ、まさしく正反対の意味を持つわけだからね。しかし、もう一方の言葉はそうじゃないんだ。あるいはまた、もし〝グッド〟の強い意味を持った言葉が欲しければ、〝エクセレント〟とか〝スプレンディッド〟といったような曖昧で役に立たない一連の単語を持っていても仕方がない。〝プラスグッド〟という一語で間にあう。もっと強い意味を持たせたければ〝ダブルプラスグッド〟といえばよい。もちろんわれわれはこれらの方式をすでに使っているが、しかし新語法の最終的な表現では、これ以外の言葉は存在しなくなるだろう。結局、良いとか悪いとかの全体的な概念は僅か六つの単語で——実際にはたった一つの単語で表現されることになるだろう。君にはわからないかね、そうした美しさは、ウィンストン？ もともとはＢＢのアイディアなんだよ、断るまでもないことだが」

「新語法の全般的な目的は思想の範囲を縮小するためだということが分らないのかね？ 終局的には思想犯罪も文字通り不可能にしてしまうんだ、そうした思想を表現する言葉が存在しなくなるわけだから。必要なあらゆる概念はたった〝一語〟によって表現され、その意味は厳格に限定されて、その副次的な意味というのはことごとく抹消されたあげく、忘れられてしまうだろう。すでに『新語法辞典』第十一版では、その目標からほど遠くないところまで来ている。しかし、こうした作業過程は君や僕が死んだ後もずっと続けられるだろう。年毎に単語は漸減していくし、意識の範囲も絶えず縮小されていくのだ。むろん現段階だって、思想犯罪を犯す理由も弁明の余地もないよ。ただ単に自己訓練や〝真実管理〟の問題にすぎないのだからね。しかし終局的には、それさえ必要としなくなるだろう。言語が完全なものになったときこそ革命の完成だ。新語法はイングソック(イギリス社会主義)そのものであり、イングソックは新語法そのものなのだ」

「が、二〇五〇年までには――多分もっと早目に――旧語法に関する知識は全く消滅してしまうだろうね。過去の全文学も抹殺されているだろう。チョーサー、シェイクスピア、ミルトン、バイロン――彼らだって、新語法版でしか存在すまい、全く異質のものに変っているばかりではない、実際にはもとの姿とは正反対のものにさえ変っているのだ。党の文学だって変るよ。スローガンも変るね。自由の概念が廃棄されたら、『自由は屈従である』というスローガンの存在価値はあるだろうか。思想の全潮流は一変してしまうだろう。現実にいまわれわれの理解しているような思想は存在しなくなる。正統とは何も考えないこと――考える必要がなくなるということだ。正統とは意識を持たないということになるわけさ」

ウィンストンは話を聞いているうちにこの男は蒸発するにちがいないと確信する。頭がよすぎ、物事が見えすぎ、ずけずけものをいいすぎるからである。ネアンデルタール人ではないからである。

『一九八四年』の巻末に〝ニュースピークの諸原理〟と題するかなり長文の補遺がついていて、精密な分析と紹介があり、はなはだ興味深い。かねがねオーウェルは『英語における政治』その他のエッセイで言語問題に深い危機と愛惜を抱いていたのだが、この問題のイメージ化の仕事ではほぼ完全に自身の世界を構築することに成功しているのではないかと思われる。オセアニア人になりきれたのである。そこで彼がオセアニア人として紹介している文例によると、

Those whose ideas were formed before the Revolution cannot have a full emotional understanding of the principles of English Socialism.

（革命前に思想を形成された者はイギリス社会主義の諸原則について十分な感情的理解を持つことができない）

という文章は、オセアニア英語では、

Old thinkers unbellyfeel Ingsoc.

たった四語になる。

痛烈。

このあたりを読んでいると、じつにいろいろなことを考えさせられる。たとえば、

チョーサー、シェイクスピア、ミルトン、バイロンはたしかに消滅するしかあるまいが、こういう言語生活で育てあげられた人間を兵にして戦場へだしたら、どんなたたかい方をするのだろうか、とか、この時代の作家は長篇小説が書けるのだろうか、とか、ダム工事や原爆製造にはもってこいではないだろうか、とか、ネアンデルタール人が工業を持った日こそ世界が制覇される日なのだろうか、とか、ヨーロッパ人が昔、ジンギス汗軍がなだれこんでくるのを見たときはこんな感じがしたのだろうか、とか。そういうことを、とりとめもなく、おぼろに、けれどしたたかな激しさもどこかにあって、夢想を誘われるのである。近頃、小説を読んでいて、めったにそういうことは起らない。

〝unbellyfeel〟という動詞は補遺に詳説されているオセアニア英語の合成法などから推して、〝腹にこたえて感じない〟、〝身にしみて理解しない〟などと解していいかと思われるが、この作品のあらわに語られないテーマの一つはこの一語にあるようだ。濃硫酸のような全体主義の感情生活に顎まで浸って書きつづけた臨終近いオーウェルは、現代文学界では、古生代の獣のそれにも似ていると感じられるくらいの背骨の頑強さと太さで、けれど、いささかぶこつながらも優しさと繊鋭を忘れることなく、たじたじとなる直截さで主題にたち向かい、彫りぬいていったのだったが、とどのつまりはヒトは経験してみなければ何事もさとらないのだという諦観、または覚悟と、にもかかわらず訴えずにはいられない焦燥とに駆りたてられていた。オセアニア生活を経験してみなければ所詮、いっさいは朦朧とした苛烈に終る、腹《ベリイ》にこたえなければどうしようもない。腹《ベリイ》で感《フイール》じられない記憶はピンでとめられた昆虫標本である。ビルマの植民地警官や、不況時代のパリとロンドンのどん底スラム街や、カタロニア山中の塹壕生活や、炭坑の闇や、生涯を知識人であることのコムプレックス、体臭や醜貌についてのコムプレックスなどに苦しめられつつも、つねに腹《ベリイ》で時代と事物に接しようと悪戦に悪戦をつづけてきた彼にしてみると、経験と認識のあいだに口をひらく深淵の底知れなさに躍起となったのだった。愚直なまでのその誠実さが、彼の文体にいつも、いっさいの思考は実践されねばならぬ、と感ずるアジア人の味わいをあたえたかのようであった。観察者であったときも行動者であったときも、彼がのこした文章は——不幸にもしばしば失敗に終ったが——寛容を忘れない執念で私をうつのである。その気配を読みたどっていくと、欠陥がたくさんあることを知ってはいても、腹で何も感じていないのに、そのそぶりだけで彼を排斥しようとする甘い生活者を、ときに私は躍起となって反撥したくなる衝動をおぼえる。つまり、惚れこんだのだ。

オセアニア国の内部党は、その教条の見地からのみして、英語を徹底的に破壊し、徹底的に再創造した。名詞、動詞、形容詞、副詞、接尾語、いっさいを〝伝達〟の機能のみから一度粉末にして、そしてそれをこねあげて、新しい像を作りあげた。言語における徹底的な経済学とでもいうべきものが、オセアニア英語である。それがエスペラントと決定的に異る点は、国境にある。ザメンホフは、普遍愛の純朴な狂熱から、国際語の創造――〝伝達〟の普遍性を純粋蒸溜しようとして――着手したのだったが、オセアニア英語は民族主義の集団ヒステリアのためにこねあげられたのであって、国境を廃絶するどころか、いよいよその壁を高く厚くして内部に閉じこもろうとする衝動につらぬかれている。それを旧語《オールド・スピーク》の――現在までの英語――と比較してみると、自然の川とダムの放水路の関係とでもいえようか。あえてシェイクスピアを持ちだすまでもなく、任意に書棚からぬきだした英語作家の作品と、電報文ほどの相違があるという比喩も、さほど遠くはあるまいと思われる。内部党は言葉の川から瀬、淵、気まぐれだが忘れられない木蔭、茂み、藻の揺れ、日光のたわむれ、うつろいやすい岸の土の削り、ふいにひらける曲り角や森のかなたの展望、何百年、何千年とかかって形成され、なじまれ、そして刻々と変貌しつづけていくものを、いっさい追放したのである。それは頑強で厚いコンクリートの壁で仕切られた溝のなかを走る酸素と水素の化合物でしかなくなった。どのような水がどのように走るかは、上流にあるダムの門のひらきかたひとつで決定されてしまい、水量が多かろうと少なかろうと、溝のなかを走る水は、両岸の壁に何の影響もあたえることができないのである。それは羽車を回転させて電気を発生させたが、どれだけ澄明であっても、廃水なのである。〃廃水〃はかならずしも汚水ばかりではあるまい。澄明な廃水もあることを、知っておかねばなるまい。しかし、その澄明さやしらじらしい無気質さを、かりに腹にしみて感じたとしても、ダムの門の隙間加減で、どうにでもなる水勢だとわきまえていても、岸にたって眺めれば、ときに私はその奔流ぶりに全身を吸いこまれそうな魅力をおぼえることもあるかと思われる。この奔流の魅力をさして、〃unbellyfeel〃というオセアニア語の一語のなかに含まれる容赦ないダイナミズムは、たとえそれが下劣、愚昧きわまる人造語であるとしても、そこに暮す人間にしか感知されないのだと、オーウェルは説いている。そうとってよい解説をつけているのである。旧語をいかに徹底的に消毒、滅菌しても、ひたすら〃伝達〃のための不銹鋼の歯車にそれを仕上げたところで、それが人のくちびるから落ちる言語であるかぎりは、それ自体の有機質の匂いや味を持たずにはいられないものであることを、それが言語と〃経験〃の不思議さなのだ、と彼は説いているのである。党は人民をロボットやマイクロフォンに変造することに全精力を捧げているのだが、そのために無機質であるはずの言語がそれ自体の匂いと生命を帯びて、言語そのものとしての独立性を分泌することになると、彼はさしているのである。この生理自体はめちゃくちゃな大手術をうけたあとでも、旧語がそれ自体の匂いと命を分泌しつづけてやまなかったことと、おなじであるらしい。旧語大旧語で書かれたシェイクスピアの豊饒な混沌の魅力がすみずみまで体感し、味得されたのは、オールド・ヴィック座の薄暗い土間にひしめいていた当時のニンニク臭い、木戸銭をいちいち払って入場した観客のみによってであったとすると、新語劇は新語人によってのみ体感され、味得され、ベリイフィールされるわけである。旧語、新語を問わず、それが言語であること。不銹鋼の歯車ではなくて、あやふやな粘膜動物であるヒトの体内を通過するうちに、それ自体の活性を帯びさせられてしまうものであること。言語のこの基質をオーウェルはけっして否定、破壊はしていないのである。その認識があるために、新語生活の痛苦が、さらに濃化するのである。エスペラントもオセアニア英語もシェイクスピア英語も、とどのつまり、言語は言語なのである。それが腹から生活されるかどうか。それに生を托すか、どうか。托さざるを得ないのであるか、どうか。腹によって舌は決定されるのだ。オーウェルはそういいたがっている。

〝伝達〟のための徹底的な経済学的習慣によって、オセアニア国では諸官庁、諸組織、すべてが略語で呼ばれ、それがすでに略語ではなく正語として語られ、流布され、交換されている。〝真理省〟は〝ミニストリー・オヴ・トルー〟ではなくて〝ミニ・トルー〟であり、〝平和省〟は〝ミニ・パックス〟であり、〝愛情省〟は〝ミニ・ラヴ〟である。それはスピードや便宜のためばかりではない。正しく〝省《ミニストリー》〟と呼ぶときには、巨大建築物、お役人の冷めたいまなざし、小さい窓口、陰々滅々とした官僚主義……といった、官庁につきまとう一連のイメージが一瞬または数瞬、話し手の意識とくちびるに射す。考えこむ。たちどまる。その停滞、沈澱をオセアニア英語は忌むのである。そのための措置でもあるのだと作者は説いている。

オセアニア英語は、人民を熱狂的なネアンデルタール人にすることを目的とした言語だから、条件反射を一瞬でもさまたげるような茂みや、岩や、影は表層意識からも潜在意識からもすみずみまでまさぐられてとりのぞかれる。内部党は過去と現在を人民がくらべあうことを望まないので新聞、雑誌、書籍にある過去の記録と描写をいっさい改変、統一してしまった。〝昔〟は、貴族とブルジョアが餓死者の大群のうえにシルクハットをかぶり、葉巻をくわえてふんぞりかえっている陳腐きわまる政治マンガとして記録と描写を書きかえられてしまい、それらによってのみ人民は〝昔はひどかった〟という判断を強いられるだけなので、現在にたいする不満はそれによって蔽われてしまい、BBにたいする感謝と変る。そしてBBは無謬の教皇、完璧な美徳者、偉大な聖者にして洞察者なのだから、たまたま事実と一致しない言動があっても、たちまち書きかえて記録され、誰の記憶にものこされなくなる。過去を改変するものこそ、未来を支配するという信条が、この国の体制を支えている。過去は枠も堅固さもない、つねに柔らかい粘土であり、現在と未来に接する態度で接しられて、たえまなく作り変えられ、ねりあげられ、こねまわされる。現在はとぎれることなく一瞬後に過去へ繰りこまれていくのだから、オセアニア生活にあっては、過去は存在しないのだともいえるのである。記録文書を書きかえられ、条件を浴びせられつづけ、言葉そのものを破壊され、この国の人民は意識内のどこにも後退地や退避壕や根拠地を持たない。

おそらく新語法こそはイングソックであり、イングソックは新語法なのだという言語学者は誇張しているのではない。拷問、密告、集団ヒステリー、集団沈黙、条件反射、その他、この国に見られるすべての現象の背後にある諸原理は、新語法にもっとも濃くあらわされているのである。

「ウィンストン、君は全体の模様を損う疵だ。払拭しなければならない汚点だ。

私はさっき、われわれのやり方が昔の宗教迫害とは違うといわなかったかね。われわれは消極的な服従にも、どんな至高の服従にも満足を感じない。君が結局はわれわれに屈服するとき、君の自由意志に基づいたものでなくちゃならない。われわれは異端者が自分たちに抵抗するからといって彼を破壊するような真似はしない。彼が抵抗を続けるかぎり破壊するようなことはしない。われわれは彼を回心させ、その内なる心を捕捉し、人間を改造するのだ。すべての邪悪なもの、あらゆる幻想を彼の心から焼き払ってしまう。形の上だけでなく、身も心もわれわれの味方につけるのだ。彼を殺してしまう前に、われわれの一人に仕上げるのだ。どんなに道を誤った思想でも、それがたとえ秘密に存在し、無力であったとしても、この世のどこかに存在しているということはわれわれにとって耐え難い。死の際《きわ》に臨んでも、思想的な偏向は許されない。過去においては、異端者は最後まで異端者として火刑台に昇った。異端の説を述べ、それを誇りにしながら。ロシアの大粛清の犠牲者たちでさえ、銃弾の飛来を待つべく死の通路を歩いていったとき、頭蓋骨の内部に逆心を携えていくことができた。ところが、われわれは完全な洗脳をおこなってから、そいつを吹っ飛ばしてしまうのだ。古い時代の専制者たちは『汝、斯くすべからず』と命じた。全体主義者たちは『汝、斯くすべし』と命じた。われわれは『汝、斯くなり』だ。」

すでに国語が句読点をのぞいて葉から根まで、源泉から河口までが破壊・再創造され、吐く息、吸う息にまで浸透しきっているのだから、国民は異端、逆心、偏向、叛意の発生するための栄養塩を一グラムも持っていない。洗脳のための『汝、斯くなり』は拷問室からでてこの国の全土にはびこり、人びとの呼吸と夢にまで浸透している。いやいやそうなのではなく、やむを得ず装ってそうなのではなく、〝心から〟、積極的にそうなのである。わざわざ国語を変改しなくてもオセアニア型の全体主義生活にあっては、たとえシェイクスピア英語が許可されていても、事実として国民はそれを刈りこみ、整理し、いや、遅かれ早かれ放棄するよりほかあるまいと思われるが、オーウェルは本質をさらに白昼の日光のなかへ露出させたかったのである。巨人化すると同時に矮人化する諷刺は、この部分で、やっとみごとに結晶した。それ自体の世界を、地上のあちらこちらに見られる諸国との対比、類推、連想といったものから離れて完成することができた。新しい戦慄を紙のなかに持ちこむことができたのである。

3

昔の読者はスウィフトのにせよ、サド侯のにせよ、エル・ドラドにせよ、シャングリ・ラにせよ、あるいは中国人の夢にせよ、日本人の夢にせよ、すべてユートピア物語を読むにあたっては、遠いところなんだよ、という書きだしから読まされた。それは絶海の孤島であるか、深山の落人部落のような場所であるかした。そうでなかったら何かのはずみで気絶したときに出現するか、特製の枕をあてがって寝たときに出現する場所であった。作者は冒頭にまず距離を設定しておいて、それからゆるゆると説きにかかる習慣であった。つまり、〝夢〟の枠をはっきりさせておいてから夢を語るという習慣であった。

けれど、いつ頃からか、物語作者たちは逆立ちするよりほかに天国の門をくぐる方法はないという心の習慣をつけてしまった。距離もなく、枠もなく、開巻冒頭からいきなり悪夢が出現するデトピア物語の話法によるのでなければ語れないという習慣、もしくは衝動に体と心をゆだねてしまった。デトピアはユートピアの裏返しなのだから、そこにめんめんと人間が人間をいじめる挿話が手を変え品を変えして叙述してあっても、かなりたくさんの読者は、絶望でひりひりしながらも、どこかで、マイナスを全部集めたらプラスになるのだと思っているし、思いこみたがっている。そこで本の末尾にある解説を読んでみると、聡明博識な訳者が、作者がこれだけ絶望しているからにはとりもなおさずそのうらによほどの希望を求めて得られない心をひそめていたということの証左ではないかというふうに要約してくれていて、そこを読んでみて、あてどはないが何となくホッとする。しかし、読者は出版社から本を寄贈されてアクビしながらとか、ホメなければならない義理とかで読むのでは絶対ない。あくまでも身銭を切って、つまり一回分か二回分かの食費でもって本を買うのである。そういう心は澄んでいるから、本の本質をズバリと読みとってしまう。マイナスを全部集めたらプラスになるのだという発想法から訳者が作者を何とか正常な、まっとうなところへつれこみたがっている努力を認めながらも、そして自分もどこかでそう思いたいと思っていながらも、彼の澄みは作者がマイナスを全部集めたってプラスにはならないのだという執念からこの物語を書いたのだということを感知しているはずである。

昔のユートピア物語と産業革命以後のデトピア物語とのけじめ、相違を考えてみる。まずそれは、地球の上半身の地帯でも、下半身の地帯でも、それぞれの知恵によって昔はユートピア物語を編みだしていたのだが、いまは地球の上半身の発展した地帯からデトピア物語が分泌されるだけであるということ。それがことごとくユートピアではなくデトピア物語であるということ。それも分泌される量が年を追って減っていきつつあって、純文学の分野ではおそらく一九三〇年代に構想のパターンの大半が出尽してしまい、あとは洗練と即興しかのこされていないのではあるまいかと思いたくなるほどであること。古代も機械に魂をあたえ、それが自由にのさばることの恐怖、またはその神にひき殺されることでかえってヒトは幸福になれるのだという痛烈な暗示をすでに投げていたけれど、その時代には機械のほかにも神がうざうざいた。しかし、十九世紀以後のデトピア物語には機械と独裁者しかいないということ。そして、どの物語のなかでも人間らしい生活をしている独裁者は一人もいなくて、むしろ彼もまた犠牲者の一人であるか、あることの操り人形として位置し、機能しているにすぎないこと。これは世界が三超大国に分割されるオーウェルの『一九八四年』でも、たったひとつの単一国になってしまうザミャーチンの『われら』でも、それとそっくりに未開地帯と発展地帯の二つがあるだけのハクスリィの『すばらしい新世界』でも、ヒトとサンショウウオが、またはロボット群が抗争しあうチャペックの世界でも、ほぼ同様である。

昔のユートピアになくていまのデトピアにはびこっているのはいまあげた特長だが、

この特長をどうしてもはびこらせてしまうのは大人口である。どのように鉄の団結が構想され、いかにむちゃくちゃ非道が人民に強いられ、またその体系がどのように不死、不滅であるか、あるいは意外な弱点やヒビを持っているものであるか、それぞれの作者は必死に工夫と構想を凝らすのであるけれど、どの国もが手に負えない尨大な人口をかかえこませられているという一点ではすべて同様である。独裁者が〝第一人者〟と呼ばれようと、〝偉大な兄弟〟と呼ばれようと、〝恩人〟と呼ばれようと、彼が背後にとてつもない数の人口をひかえているのだというイメージは変ることがない。昔のユートピアと現在のデトピアとが決定的に異るのはこの一点である。この一点が昔の架空譚を現在の悪夢に変えている。昔の空想国物語の作者たちは主人公をその国にさまよいこませることに成功したら、あとは主人公がその国を遍歴するにあたって、ただ眼の高さだけから事物を眺めさせるだけでよかった。演説する人間の声のとどく範囲が直接民主主義の範囲だとしたプラトンの痛切な定義を典雅に守る点ではスウィフトもサド侯もまことに健全な本能人であり、粘膜動物であるヒトの知力の限界をよく守ってペンをすすめたのだといえる。

昔のユートピアは指導者の人格と英知で運営され、その人格と英知は住人に直接ひりひりと触知され、かりに指導者がいないところでも住人それぞれの人格と英知と戒律は、または無戒律という戒律は、粘膜で感知されるままに爽やかにはこばれていた。これができるためには当然のことながら面積が狭くて、人間が少なくなければならなかった。そういう設定にしなければならなかった。だからそれは絶海の孤島であるか、深山の落人部落ということにしておかねばならなかった。現状のホモ・サピエンスの大脳容量からして一九三人の顔しか記憶できないのであると仮りにすると、理想国はそれにしたがって一九三人で構成されなければならないのだった。正確なその国の人口はどこにも数字があげられていないが、遍歴する主人公の体内にそれぞれの国がぴったり入ってはみだすことがないという設定ではアジア人、中近東人、ヨーロッパ人、アフリカ人、南米人、エスキモー人、ことごとく変ることがないと推される。ヒトを構成している数かずの粘膜の触知できる面積以上に社会は広がってはならぬという点を洞察していたことでは彼らの人間学はじつに正確な科学であったわけである。初期社会主義者や絶対的自由主義者《アナキスト》たちは沸騰する自由への希求と、しかしついにはヒトが集団人であることの宿命をまぬがれ得ないものだという洞察からしてことごとく小共同社会を構想し、理論は実践されねばならぬとする情熱からめいめいの新しい村や美しき町を構築するべく家をでていったが、イスラエルのキブツとモルモン教徒をのぞくほかは、ほぼ挫折、潰滅、霧消した。しかし、大人口を擁してむりやり管理、統制、強制を実行しなければならない現在の国家体制、または超大国体制の硫酸を浴びせられるような暮しぶりに耐えかねた、鋭い人びとは、ふたたび原初の希求に忠実になろうとして、粘膜大の面積を求めるべく、どこまでも流浪していこうとしている。すでにそれにすら絶望した人びとは自殺するか、マリファナの煙のなかにだけ瞥見しようとするしかない。

どうあがこうがとにかく眼前にさしせまるおびただしい数の人間、前代とはくらべようもないそのおびただしさ、触知もできず洞察もできない大群。これをどう扱うかという一点にデトピア物語作者たちの知力は消耗されて、ほかのことにかまっていられない。この大群集をキブツに解体・再編成させることに疑いを抱き、無数の美しき町を構想するにはあまりにも資本や国家や指導者の精神生理を知りすぎ、その圧力に敏感すぎる物語作者たちは、つぎに転じて、いかにこの大群集を抑制、管理するかという工夫と知恵にとめどなく腐心するしかなかったのである。作者たちは最初に知性と感性をあふれかえるくらい抱かせられて生まれてきたために佐藤春夫の『美しき町』にもスターリンにも自身の構想を切断しきることができなかったのである。彼らは川のほとりの選良人たちだけが住む小さな、美しい町についてはいくらでもさらに美しくする構想力と希求を抱いていたが、同時に現実としての大人口社会についてては指導者以上に住民の体重総量を痛覚した人びとでもあった。だから彼らの物語は当然のことながら、二つのもののうちのどちらにも入ってみたりでてみたりしながらつねにノーマンズ・ランドを走っていくしかない結果となるのだった。チャップリンが芸術家ではなくて道化役者だった、つまりヒトの本能を体で表現することにかけては前人未踏の、何ものをも憚からない鮮明このうえない知恵と工夫を発現しつづけていた若い時代に発表した作品の一つでは、幕切れであのドタ靴に山高帽がひょこひょこと、しかし鋭敏このうえないしぐさで、茫漠とひろがる右の国にとびこんだり、左の国にとびこんだり、あわてふためきながらしかし確実をきわめたしぐさでどちらにも入れずに、結局は、荒野にのびていくほの白い無人の一本道を、地平線めがけて、ひたすら走っていく。逃げていく。(チャップリンの主人公はいつも幕切れで、逃走するのである。)

ザミャーチンも、ハクスリィも、オーウェルも、チャペックも、少なくともヒトという粘膜動物の本能をすこやかな反応、反射、反撃と見、それに期待もしくは郷愁を賭けることをどうしてもこばむことができなかった人びとは、それを物語中で徹底的に損傷、破壊、改変する努力にけんめいにいそしみながらも、ストーリーとしての結末はどうであれ、読後直後の直感としては、この黄昏のノーマンズ・ベルトをただひたすらにチョコマカ走っていくしかないチャップリンの後姿を読者にのこすのである。『一九八四年』のウィンストンは釈放後、キャフェで硫酸のような安物ジンを飲み、転向のおかげで太った頰に涙をたらしつつ、二プラス二は五だと確信するのだが、どうしてかその文脈の背後から浮かびあがってくる彼は、左の国を安心してゆっくりとした歩調で歩いてはいず、ほの白い、細い無人の道をよろよろと、チャップリンとは逆に顔をこちらに向け、しかしうなだれて歩いてくるように感じられる。ザミャーチンの『われら』のD五〇三号は大脳切除手術をうけて想像力を失い、〝人間〟を叫んで緑の壁のかなたから単一国に革命を起そうとなだれこんでくる恋人を裏切り、その拷問にかけられるありさまを冷然と眺めて、理性の勝利だとつぶやき、結語するという結末になっているのだが、それより以前の情熱と惑乱の描写のほうがさらに圧倒的であるため、読者としては作者が文脈のうらに自身の結論をけっして信じてはいないのではないか、額面通りではないのではないかという印象を抱かずにはいられない。

〝昔〟のユートピア物語と〝今〟のデトピア物語とを決定的にわけるのは人口である。何よりもかよりも最大前提として大人口である。人口が多いだけでは独裁制は生まれないと思われるけれどデトピアンたちは物語を組むにあたっては大人口と量産システムの社会という設定をきっと必要としてきた。昔のユートピアンたちはまったくこの心配をしらなくてすんだので、何が幸福であるかについて、じつにさまざまな考えを述べることができたが、その多様さ、豊饒さにくらべると、後代に考えられたデトピア諸国は精密さと迫力においてお話にならないくらいの凄みを帯びながらも大同小異だという単調さをまぬがれることができない。巨大国、大人口、工業社会、徹底的な中央集権による徹底的な管理、そういった悪夢の約束を避けるのでないかぎり、今後、このジャンルの文学に〝新しき戦慄〟を生むことはできないだろうと思われる。チャペックは〝ロボット〟という不滅の単語を作りだしたというだけで比類ない大仕事をしたのだといってよい作家かと思われるが、それすら機械が意識を帯びて人間を迫害にかかるという認識そのものはバトラーの『エレホン』にあったのだし、さらにさかのぼればとっくの昔にあったのだといえる。『山椒魚戦争』は『R・U・R』よりもはるかにいきいきとしたユーモアとペーソスのおかげで豊饒になることのできた物語であるが、ロボットは自己増殖しないのにサンショウウオは無限に、海を陸に変えるほどに繁殖する。ロボットもサンショウウオも大集団と化すことで変質し、自らの意志を持たない個体であるにもかかわらず虐待にたいして叛乱を起すまでには変質するのだという点で、量ガ質ニ転化スルという仮説が奴隷の叛乱という古い主題と結合した物語である。しかし、この構想はロボットをただの比喩に変えてしまって、機械の特質、機械と人との関係の特質を見失わせることとなる。だからそれ以後に、ロボットハ人間ニ反抗シテハナラナイというSF憲章が作られたのは作品の貧血を防ぐのに適切な知恵であったと思われる。

B・クレミュの『不安と再建』によるとシュール・レアリズム運動の文学における収穫としてはシュペルヴィエルの『沖の小娘』があるぐらいだと述べてあったと思うが、ザミャーチンはフランス人ではないけれど『われら』を大きく追加してよいのではあるまいか。十月の某日、電車の中で丸谷才一にこの本のことをこんこんと教えられ、さっそく買ってきて読んだ。この作品をシュール・レアリズムとしてよいかどうかは分類学者にまかせておくとして（私はそうだとしているのだが――）、キリコやダリが絵筆でしたことを文章でやりつつ全体主義としての工業社会批判としては屈指のものだろうと思う。丸谷才一の鑑識力にあらためて敬服した。この作品やイリフ・ペトロフの『十二の椅子』などを読んでいると、これほどの作家たちを許しておかないとは何ともったいないことをしたものだろうというのと、いや、やっぱりそうなるだろうというのと、二つの素朴な実感が交錯して出没する。ハクスリィの『すばらしい新世界』とオーウェルの『一九八四年』はこの作品を読むことで書かれ、ことにハクスリィは濃い影響をうけたそうである。スターリニズムそのものが〝西〟の作家と作品に与えた影響は深刻かつ多様だがソヴェト文学が与えた影響はと考えていけば、ザミャーチンが稀れな例だといえるかもしれない。『われら』のなかでは異端者は台に寝かせられ、御用詩人が頌詩を朗誦するなかで、指導者である〝恩人〟がやおらレバーをひくと、一瞬煙がたって、異端者の肉体はたちまち分解し、少量の水と化してしまう。独裁者と異端者をどう扱うかという点にデトピア物語の苦心があり、作家たちは人間をどういじめるかについてありったけの知力を動員、消耗するが、ザミャーチンは問答と悲鳴ぬきで、まるで〝消す〟の語源はここからきたのではあるまいかと考えたくなるほどのイメージを提出したようである。これを地でいったのが蔣介石で、上海で白色テロをやった彼はコミュニストを生きたままボイラーにほうりこんで〝消し〟てしまう。それはマルロォの『人間の条件』にくわしいが、蔣がザミャーチンを読んでいて文学をしのいでやろうと考えたかどうかは不明である。ナチス幹部には知識人や読書人が多く（奇怪だが何となくうなずけるようなのはリルケファンが多かったという事実であるが——）、そのなかにユダヤ人絶滅計画を立案、実行するにあたって、ドストイェフスキーをしのいでやろうとひそかに考えたのがいたかもしれないと想像するほうが、むしろ現実的である。ヴェトナムでは対仏抗戦のある時期にナショナリストとコミュニストがいっぽうでフランスを敵としながらもいっぽうでおたがいが暗殺合戦をやり、双方とも、だが、人間を何人か束にして縛りあげたうえで生きたままメコン河にほうりこみ、どういうわけか、〝カニとり〟と呼んでいたという事実があるのだが、これは〝消す〟、〝蒸発する〟ではなく、〝流す〟というものであろう。すでにどこかの国の何かの文学作品に登場しているのかもしれないけれど、〝消す〟が陳腐になったからつぎに〝流す〟はどうだろうかと責めの新手を考えたい人はすでに現実に先駆者がいるのだということを充分考慮に入れてから〝新しき戦慄〟の創造に着手しなければならない。人間をどういじめるかということといっしょに人間をどう殺すかということにも作家は心をいたさねばならないのだが、あちらこちらで現実としてこう物凄い創意の妙をあっさりと実践されてしまうものだから、たちすくむか、気おくれかで、一行も書けなくなる。ほんとに誠実な作家ならただ黙って白紙を提出するしかないと考えることがよくある。（これもすでにイメージ化されてしまっている。コクトォの映画『オルフェ』には白紙の詩集を出版する詩人が登場している。）

一九八四年のオセアニア国のロンドンは尨大な数の貧民が凄惨をきわめたスラム街に住み、一部の内部党員、つまり幹部党員だけが清潔、豪奢なアパートに召使つきで美酒をたしなみつつ暮している。いっぽうザミャーチンの二六〇〇年では全人民が壁で原野を遮断したなかでガラスと鋼鉄とコンクリートで作られた都市を建て、朝から晩まで一秒のすきもなく時間律法表で行動を指定され、すべてを監視され、セックス・デーにはピンク色のカードの交付をうけてコトを始末し、けれど何の苦痛もおぼえず、清潔と栄養と幸福に頬を輝かせて暮している。理想の都市、または未来の都市を金属と鉱物で構成されたものとして描出した人にボォドレェルがあったと思うが、『われら』には無機物と無機質的なものをめぐる考察が閃光としての詩的哲学として作者の柔軟な感受性と深い博識を覗かせつつ随所に述べられている。汚点《しみ》や、ゴミや、腐敗や、分泌がいっさいなく、すべてが透明で、不銹で、輝やいているこの都市はヨーロッパの〝寂び〟とでもいうべきキリコのあの静謐な、張りつめた都市を連想させられるが、作者があまりに熱中して描出しているので、まさにその都市が作者のなかで生きられているのだとありあり察知されるが、同時に、かたくなに口をとざしていおうとしないことをこれに仮託して語っているのではあるまいかと思えてきたりするのである。

これからさきは私の気ままな想像となる。オーウェルはザミャーチンからいくつかの重大な暗示、または啓示をうけ、その影のしたからぬけだすことができないで『一九八四年』のなかにザミャーチンの閃めかしたイメージをそのまま持ちこんでいることがあるが、彼がけっしてうけつけなかったイメージもある。気質としてそうだったのか、理解できなかったからそうだったのかはよくわからないが、その一つがこの無機物の美の哲学である。オーウェルは一九八四年のロンドンにかつて大不況期に自身が放浪したロンドンとパリのスラム街のイメージをそのままあたえ、第二次大戦中の空襲下のイメージをそのままあたえたのだが、ザミャーチンが都市の構造を描きながらじつはそれを作った独裁権力の構造を、権力衝動の構造を、感性の点から眺めたそれを描こうとしていたのだということについてもっとたちどまるべきではなかったか。『一九八四年』のなかではあちらこちらで権力が論じられ、考えられ、感じられ、分析されている。とどのつまりウィンストンは権力がいかに行使されるかについては精細に理解するのだが、なぜそれがそのように行使されるのか、真因についてはついにさとることができないのである。これにたいしてオブライアンは拷問機械によりかかりながら彼を見おろして精細な解説をおこない、権力の目的は権力それ自体なのだよ、と結論をあたえてやる。これもまた精細、緻密をきわめた論証で、私は畏服してしまうのだが、では権力がなぜ自身を同時に手段でもあり目的でもあらせようとするのか、なぜそうせずにいられないのか。それは一つの〝絶対の探究〟にほかならないが、なぜそれを求めずにいられないのかという点については闇がのこされるばかりである。あれほどセックスが論じられながらついに闇がのこされるようにそれはのこされる。

あれほどナショナリズムが分析されながらついに闇がのこされるようにのこされる。しかし、さらに深く広くて、さらに罪深い闇が、ここにのこされる。

ナポレオンがパリを作った。彼は自身を太陽と感じていた。高い丘の頂上に凱旋門と円形の広場を作り、それを中心として太陽から八方に光線が放射するように幹線道路を放射させた。道路は岐点にさしかかるときっと〝ロン・ポアン（丸い点）〟を作ってその円周からまた八方に小道路を放射した。人はどんな町はずれにいても道を少しずつ大きいものをえらびつつ点から点へとさかのぼっていくと、きっと凱旋門にたどりつける。したがって人はどんな町はずれにいても自分がいま中心からどれくらいはなれているかを明晰に感知できる。ナポレオンはそのように住民の大脳にクモの巣をきざみこんだのである。住民がつねに中心にどれだけ近いか、どれだけはなれているかを感知させつづけておこうと企図したのである。そういう説明をあの都にいるとよく聞かされる。それが史実に則して正確であるかどうかを私はよく知らないが、もっとも明瞭にあの市の構造が皮膚に喚起されるということは事実である。ザミャーチンの都の道路地図がどうなっているのか私にはわからない。その中心の丘にたてば東西南北から中道路が小道路を、大道路が中道路を、それぞれ無数の丸い点の関節でまとめつつ織糸を集約するように一点めざしてかけよってくるのがまざまざ目撃される。

そのように作られているのであるのか、ないのか、私には察しようがないのである。しかし、その都を構想したのが十全にして無謬、絶対の〝恩人〟であるならば、そこにある透明、無機、不銹、不壊、光輝、清潔、定形、影もなく、ひびもなく、分泌もしなければ、膿みもしない、微生物の汗や脂や垢すらもうけつけようとしない徹底的人工は、彼の権力衝動の感性を説明するものではあるまいか。自由とはアミーバーのように不定形で放埒で混濁し、不純、猥雑なものであり、不幸と惑乱と分裂の源泉ではなかったか。ならば幸福は徹底的非自由の完全さのなかにこそ求めらるべきである。自我の完全な放棄のなかにこそ幸福がある。（〝自発的な〟、〝下からの〟という、あの魔術じみたお説教と解説をいっさいぬきにして暗示した点にザミャーチンのおびただしい不幸があったと察すべきであろうが……）

〝恩人〟がこの作品のなかでまるで機械か彫像であるかのように仕立てられていて、そのようにしか動作しないのは、おそらく〝恩人〟が自身の権力衝動の徹底的純化と精錬をかさねたがために自身すらをもすでに無化、蒸溜してしまったのだというザミャーチンの絶望と憧憬があるからではないだろうか。彼は〝恩人〟がどんな性癖、趣味、過去、教養を抱き、何を食べ、何を飲んでいるのか、そういうことを、属性を何ひとつとして描こうとしない。暴君でも聖者でもない、ただ純粋な機能と化してしまった独裁者を描きだしたかったのである。〝恩人〟をとらえているのは何ものにも犯されたくない、人間にも植物にも犯されたくないという渇望である。古代の帝王もこの不浸透性への渇望からピラミッドを築き、万里の長城を築いたが、〝恩人〟も緑の壁を築き、宇宙船を築きつつある。しかし彼はいっさいの肉性を失ってしまっている点でファラオや始皇帝と異なるのである。肉のふちにとどまりつつ空間衝動を抱かねばならないことの矛盾をいっさい解消してしまったのである。権力の目的は権力それ自体なのだというオブライアンの叫びの背後のどこかには徹底的といってよい抽象と化してしまったこの〝恩人〟の巨大な影が聳えているものと思われるが、異端者の肉体は一瞬のうちに解体、還元されて水となるのだというイメージを書いたときザミャーチンはその徹底ぶり、純粋ぶりに、ある恍惚をおぼえていたのではあるまいか。そう書くことで彼は世のあらゆる異端迫害の本質をみごとに描破したのだが、同時に、その恍惚にもかかわらず、権力のどうしようもない、手のつけようのないむなしさをも知らず知らず描破することとなってしまったのではないか。被害者も加害者も本質は水なのだとなれば、すでにここでも悲劇はあり得ないのだと告げられているような気がしてくる。そしてこの紀元二六〇〇年の単一国の都の構造ぶりを追っていくと、それはとりもなおさず〝恩人〟の感性の構造を追っていくことであるが、権力衝動とは文明の異名、人工の異名にほかならないのではあるまいかという気がしてくるのである。〝恩人〟は住民の希求の具現にほかならないのだから異端者以外には加害者も被害者もこの社会にはあり得ない。だからこの社会は調和のうちに無限に自己増殖していき、不死である。変革は外部からくるしかない。毛むくじゃらの聡明で奔放な蛮族が、〝人間〟が、原野のかなたから緑の壁を突破してなだれこんでくるよりほかに帝国をおびやかすものは何もない。オセアニア帝国を変革しようと企図する異端者の集団〝兄弟同盟〟をオブライアンは〝奴隷の叛乱さ〟と一言で葬ってしまうが、その傲然たる自信は権力を指導者個人にはおかず、システムそのものにおいていることからくる。古代のあらゆる帝国は指導者の個性に権力を集中したがために老化、崩壊していったのだが、権力をその本質からして人工の極まで推進していっさいの具体を排していけば、抽象であるシステムそのものが具体と化してしまえば、帝国は不銹、不死、不滅であろうかと構想されているわけである。しかし人間は、システムを構成する人間は不定形、不完全な粘膜動物ではないかという反論が起ってくる。それを迎撃してハクスリィは胎児そのものからすでに徹底的に管理して人工生産していく社会を創案したわけである。（それにもひびが入りかけるのだが！……）

イヌを縛っておいてベルを鳴らすたびに食事をやると、しまいには食事ぬきで、ただベルを鳴らすだけでイヌはツバを分泌するようになる。これが全体主義制下の政治的生活の本質だとされている。ところが、餌ぬきでベルばかりだと、どれくらい訓練されたイヌでも、やがて反応がにぶくなり、ツバの分量が減ったり、とどこおったりしはじめる。それを元通りに回復させるためには、ベルを鳴らしながらもときどき本物の餌をあたえなければならない。全体主義体制を主題としたデトピア物語はいかにイヌが飼いならされ、ベルづけられているかを徹底的に描いていくのだが、それが〝物語〟となるためには異端者を登場させなければならない。怠けているイヌ、そっぽ向いているイヌ、ツバをださなくなったイヌを登場させなければならない。このイヌの怠惰のなかにこそついにいかなる手段をもってしても不服従、不屈なあるものが存在するのだと作者たちは証明しなければならないわけである。デトピア物語は完全の悪と不完全の善との闘争だという点では古典的な二元論からでられない宿命を帯びているかのようであるが、現実の地上のあちらこちらにいつまでも性こりもなく惨苦が発生するので、そのたびごとに物語は蘇生する。われらの世紀はとめどなくわれらに問いつづけてくる。

権力と作家

私の英語の読解力や鑑賞力は怪しいかぎりですし、ましてや英文学専攻者ではないので、オーウェルその人の書いたものをあくまで気ままな散策者として読むだけで、全部を読みとおしたわけではありません。それが〝解説〟めいたことを書くハメになったのは、何年か以前に躁鬱病者の鶴見俊輔氏がたまたま躁期にあるときに何度かオーウェルの話を始め――彼はどんな話でも始められますが――それに私が応じ、その声がちょっと大きかったので、覚えられてしまったのが原因です。『カタロニア讃歌』やこの著作集四巻が出版されるようになってからオーウェルは日本でもいくらか読まれるようになりましたが、文壇や論壇で論じられることはほとんどありません。会話のなかに持ちだす人もほとんどありません。私が接触した範囲では武田泰淳、丸谷才一、小松左京、丸山真男、鶴見俊輔氏等ぐらいでした。この人々は〝オーウェル〟といったとたんに鋭い反応を起こし、そして深い思慮のある理解を示されました。丸山真男氏と鶴見俊輔氏は別々の場所でしたが、たしか『鯨の腹のなかで』というエッセイ集のある部分を、ここが大事なんだといって指摘され、それが二人ともピタリと一致していたので、思わず愕然としたことを、よく覚えています。

武田泰淳氏は昭和二六年の『文学界』に〝小説家とは何か〟というエッセイを寄せ、『一九八四年』について触れています。この頃この作品は日本で翻訳、出版されはしたものの、時代の雰囲気からして〝反共作家〟の一語で葬られるのがオチでした。いまだにこの作品についてはそうであるでしょう。そういう匂いのことを思えば泰淳氏の評価は果敢なもの、あくまでも自身の感性に立ったものとして貴重だと思われます。

> オウエルもゲオルギウも、ケストラアも奇をてらつてことさらに人類をおびやかす政治的小説をでつちあげたわけではない。一躍名声を博したいといふ処世の念だけで、あれだけ痛切な問題を提出できるはずはない。小説家としてのつぶやき、どこの試験場でも通過しさうもない答案を自分ひとり永いこともてあつかひかね、いぢくり廻してゐるうちにあれらの作品は自然と成立した。製作した当人がそのおどろ〳〵しい形相に顔をしかめずにはゐられぬ鬼子が、知らず〳〵生み落されてしまったのである。世の試験官をすべて見はなして自ら試験官になつた

ことを得意がるひまもない。(中略)悪しき独裁主義に対する善き個人主義の批判であると解説したところで、それだけでは、未知の航海にあてどなく乗り出した作家的情熱がうまく表現できるはずもない。

銀座の洋書店に行っても見つからないか、発註はしたものの入荷に時間がかかるかの場合、私は高校生や大学生向きの英語のテキスト・ブックとしてオーウェルのエッセイや短篇が出版されているのを発見し、それを買ってきて読んだことがあります。これはていねいな註解がついているのでまことに便利重宝でした。久しぶりで学生気分になれるうえ、それも試験ぬきなのですから、のびのびと愉《たの》しみ、味わうことができました。どんな名作も教室の講壇で論じられると、そのとたんにつまらなくなるとフランスの批評家がいったと思いますが、名文や名作を学校で教えられるものですから、卒業後もう一度全部読みかえさなければならないというのは私たちの不幸、阿呆らしさです。

《種において完璧なものは種を超える》というコトバがありますが、これをオーウェルについて見れば、やっぱり『動物農場』ということになるかと思えます。動物たちが人間に反逆してひき起こす革命のスローガンが社会主義のそれに酷似しているし、作者自身の意図もそうであったので、ふつうこれは十月革命の栄光とその後の悲惨、スターリンとその体制に対する簡潔だが完璧な諷刺の見取図と目されています。事実そのとおりなのでしょう。さまざまな役割をするイヌやブタやウマたちにレーニン、スターリン、トロツキー、トハチェフスキーの姿が読みとれます。もし自分が動物だったら何になるだろうかと思いつつ読む愉しみ、または恐怖というものもあります。しかし、もう少し冷静に考えてみると、孫文と蔣介石や、ヒトラーとレームの姿などもまた、ありありと浮かんでくるのです。右翼革命、左翼革命、社会革命、宗教革命、〝革命〟と名のつくものすべてがたどる命運をこの作品は教えているのではあるまいかと思えてきます。これは寓話なのですが、寓話は諸性格の最大公約数を抽出し、しかもそれを類型としてではなく典型として活躍させるために個性を与える話法で、ある事態に対するただの見取図として終らせないためにはなみなみならぬ才腕、博識、精力、冒険心が必要とされます。語り口の易しさから受ける印象で判断されるほどイージーなものではありますまい。むしろ至難なものです。

『動物農場』は完璧な作品となったのでスターリン批判を超えてしまいました。悲惨をいきいきしたユーモアの微光で包んだこの作品を私たちは暗澹としつつ愉しみます。

革命は権力の樹立直後から潮のように確実に後退を開始する。ちょっとした目だたぬことから全面的崩壊を導く崩壊が始まる。ユートピアは実現された瞬間から決定的にデトピアへの道をたどりはじめる。それは時間が経《た》てば経つだけ、かつて〝敵〟と目して打倒を叫んだものにいよいよ酷似してゆく。人民は餓死することさえなければ後退、堕落、頽廃を体でさとっているくせに、新しいスローガンが掲げられればまたぞろその後ろについていく。そして、頽廃をまざまざと目撃しながら、あげくは、かつてこんなもののために生死を賭けて闘ったのだろうかという後悔に苦しむ気力も失い、ただ当惑と恐怖のうちに、何ガ何ヤラワカラナイという唄をうたうだけです。天候と肥料のほかに真に依拠すべき、信ずべき何物をも持たない、また持てない、万国の心優しい農民の胸のうちにはめったに口をきくことのない一人の絶対的自由主義者が棲《す》みついていて、たえまなく、ただひとこと、オ上ハ顔ガ変ルダケノコッタとつぶやいているように私には思えます。貧しい人や苦しんでいる人をだまって見すごすことのできなかった、教義で自身をだまし、酔わせ、安心させることを頑《かたく》なに拒みとおしたオーウェルは、見るに見かねてその農民のつぶやきを闇から体外へ引きずりだしてやりたかった、その一心かもしれません。内なる自身との密語、密話のために自身の足で体が運べないまでに肥満した二十世紀の繊細蒼白な作家たちの大群のなかで、これほど率直、赤裸、野暮、正面から事態に立ち向かったのは彼一人だといっても過言ではないでしょう。

『動物農場』のケースはナポレオンというブタの個人的な恣意のために小共同体が地獄に落ちていく物語なので、それによって与えられるいくつもの教訓の一つとしては、指導者さえ善良であったらこうはならなかっただろうにという感想が浮かんでくる余地があります。指導者の個性、肉性によって体制の質が決せられるのだというふうにこの感想をとらえると、独裁者の性格の解剖学としてはまことにみごとな作品だとしても、やはりそれは〝悪政〟一般についての古典的な物語、その完全なるもの、と考えていいかもしれません。ここを突破して、どこでどう泣いていいものやら、読んでいてただただ途方に暮れるばかりの底知れぬやりきれなさに事態を持ちこんだのが『一九八四年』です。この作品と『動物農場』は双生児と考えられやすいのですが、指導者の肉性を徹底的に排した、体制そのものが独裁者であることを痛感させられる、アリの這いだす穴もない巨大社会の悪夢の実現という点で『一九八四年』の顔は一変してしまいます。率直、赤裸、野暮、正面からの直視、という美徳は文脈に同じようにまざまざ感じられますが、この暗澹の手のつけられなさは動物たちの悲傷に味わうことのなかったものでした。この作品のある箇所は、読んでいて思わず知らず抑圧への抵抗ということを考えると、いきなり胸をワシづかみにして刃をつきつけてくるような、肚《はら》の底から〝覚悟〟を決めなければなるまいかというような迫力を帯びています。

指導者〝偉大なる兄弟《ビッグ・ブラザー》〟の肖像画は全土のあらゆる場所に氾濫し、その眼と声はテレ・スクリーンから全人民一人一人を一秒のすきもなく監視しつづける。しかし、その実在はきわめて疑わしい。つまりいたるところに存在するゆえにかえってどこにも存在しないのだと感じられる。こういう独裁の本質のえぐり出しかたを、オーウェルはザミャーチンの『われら』から学びとったものと思われます。『われら』に登場する指導者〝恩人〟は、作品中の一箇所で主人公と会話をかわすところがあるので人間なんだなと察しはつきますけれど、読後感からすると、まったく透明で、象徴とも感じられず、偶像とも感じられない点にまで抽象化されています。

現代のデトピア物語作法には何箇条かがあって、かつてのスウィフトやサド侯爵や、エル・ドラドや、シャングリ・ラや、桃源郷などのユートピア物語と比べ、どう相違するか。

一、昔は山奥や絶海の孤島や砂漠のかなたなどにユートピアがあったが、今は開巻第一ページの第一行目からデトピアがはじまる。つまりそれは、眼前に現存するものである。

二、昔は小さな国なので、そこに行なわれている制度、思想、建物、感受性などは、さまよいこんだ旅人が立ったまま見わたすだけで体のなかにすっぽり納まったが、今は大人口、大量生産、大社会、大抑圧である。何を見ても同じだが何も見えないともいえる。

三、昔は何が幸福であるかを考えるのに作者は頭をしぼったが、今は何が不幸であるかを考えるのに夢中で、これでもかこれでもかとギュウギュウ住民をいじめるのに作者は熱中し、そろそろそのネタも尽きかけてきた。

四、善は普遍で悪は個性だとドストイェフスキーがいい、昔は善を考えるのに熱心で、読者は実人生では善に出会いたがっているのにユートピア物語を読むと何やら失望する。さりとて不幸の大殿堂である今のデトピア物語中で数々の悪に出会っても何やら個性が感じられない。どうしたわけであるか。

五、昔になくて今にある作者の苦心は大人口をどう養うかということと異端者をどう扱うかという点である。

ザミャーチンの『われら』を読んでオーウェルとハックスリィは、その影の下で作品を書きだしにかかったのだと伝えられますが、異端者の扱いかたではザミャーチンはズバぬけた知恵を発揮しました。拷問や洗脳ぬきで、悲鳴も議論もぬきで、異端者は台に乗せられ、恩人がレバーを引くと、一瞬煙が立ち、分子に分解され、異端者は一杯の水に還元してしまうのです。〝消ス〟の語源はこの作品からきたのではあるまいかと思われるほどです。異端者は殺すか、改造するか、どちらかしかなく、その〝改造〟なるものが殺戮と同程度の密度、圧力を帯びるものであるのなら、いっそ水にしてしまったっていいわけです。血を見せないだけ趣味がいい。

『一九八四年』は『動物農場』に比べて文学作品としてははるかに破綻の多い、どちらかといえば失敗作に近いものと思われるのですが、にもかかわらず私にはその名状しがたいほどの気魄の激しさゆえに、本棚からいつでも下ろしてきたくなる書物の一冊です。失敗作だが貴重な作品だと評価したくなる本がときたまあるものですが、これはその一冊です。指導者を変えたところで、独裁体制そのものが完成されてしまった社会にあっては、人民の叛乱は一揆に終るしかないのではないかという底深い絶望を、彼はセックス、権力衝動、言語問題など、あらゆる点で周到に考えぬいて完備していきます。ことに誰が抹殺され、誰が生き残れるかということについての触手の動きの精緻さは、架空譚を書いているはずなのに、まるで現実のどこかの国で作者が経験してきたのではあるまいかと思えるくらいです。想像を現実として生きよとは文学の絶対的要請の一つですが、これは高く叫ばれるほど容易なことではありません。そしてどれだけ追いつめても〝想像〟の質と〝現実〟の質には、ついにどうあがいても超えられぬギャップがあり、それを知覚すればこそ、ときあってサルトルほどの人物までが、〝文学ニ何ガデキルカ〟と問いかけずにいられなくなるのではありますまいか。

古今のあらゆる独裁国はセックスを封じてきました。『一九八四年』のオセアニア国においても封じられています。子供を産むためのセックスはいいが、愉しむためのそれは厳禁されているのです。〝個人〟の最終のよりどころは自宅のベッドのなかにしかないのですから、完璧な管理社会を実現するためには、ザミャーチンの『われら』のように日決めで住民を〝解放〟するべく政府はセックス・クーポンを配給するという措置に出ることもあるでしょう。およそセックスくらい人間を濃密に個別化させる衝動はありません。それはしばしば個人犯罪の衝動になぞらえられるほどです。タブーが重ねられれば重ねられるだけそれは濃化し、沈潜し、ねじくれ、叛乱、氾濫、溢出を求めずにはいられず、それゆえ封じられたら封じられるだけその本来の質を腐らせ、歪曲《わいきょく》していく。オーウェルはオセアニア政府機構の一部門に〝ポーノ・セック〟(猥本課《わいほん》)を設け、禁欲の美徳をわめきたてる政府自身が官製の猥本を秘密に配布して、人民に、禁断を犯すひそやかな快味を味わわせてやる。障害のないセックスはつまらないから、官製の禁書を読んで人民はあたかも地下の叛乱に参加したがごとき昂揚をひととき味わうわけです。つまりそれは活字の阿片です。

「あいつらを汚してやれるなら何でも！」ウィンストンの恋人は生き生きと森のなかでそう叫んで〝反性同盟〟のベルトを腰から解いて放棄し、いさぎよい全裸となり、不義、淫蕩《いんとう》におぼれることを晴朗に宣言します。あらゆる時代の、万国の、鋭敏な娘たちが叫びつづけてきたことです。たとえそれが不良少女の、だだっ児のはねかえりにすぎないとしても、少なくともその一瞬、社会の全体系はそこで飛散します。

　貧困、密告、空襲、大演説会、集団興奮、監視、捏造《ねつぞう》、証拠破棄、階級差、投獄等、ありとあらゆる災禍に満たされ、全篇にわたって一語一語くまなく硫酸をぶちまけ、食いこませたようなこの物語のなかでは森のなかの合歓だけが――それ自体きわめてぶきっちょで野暮なものではありますが――かろうじて一条の微光を投げかけているかのようです。小川には少女の髪のような藻がゆらめき、ウグイが泳ぎ、女はすれっからしの不良少女だが全身くまなく発光し、男は中年の静脈瘤がうずくのを気にしながらも、やっと射した反抗の情熱で息がつまりそうになる。このあたりを書いていたときだけオーウェルは濁水をかきわけて空気を吸いに上がってきた魚のように、自然なるものへのおだやかな歓びに満たされていたことと思えます。女はズベ公みたいにふるまいますけれど、その破廉恥ぶりの健康、晴朗なことといったらありません。読んでいてうらやましくなるくらいです。

セックスにはまだかなり未分明の領域が残されていると思われますが、闇の力としての権力衝動、権力欲の根源的な部分は、ほとんど手つかずといってもいいくらい闇のまま残されています。実害としてのそれが及ぶ範囲の広大さ、深刻さとなると、ときにセックスの力が加担していることはあっても、とうていセックスどころの騒ぎではありません。この力を抱いてしまった個としてのヒトが、やがて個と群れとしてのヒトに対してどうふるまうことになるか、誰を殺し、誰を生かし、何をし、または何をしないか、それらをどのように遂行するかということについては、これまでに無数の本が無数の事件と無数のイデーについて述べてきましたが、それではいったい、これは何なのだ、また、なぜなのだ、ということになると、いつもわかっているようではありながら、夜ふけに一人になって考えてみると、まるで何も手をつけられていないということに気がつきます。生の本質は不定形なのだ、薄明のアナーキーなのだ、それは穴だらけの渾沌という巨獣、中獣、または小獣なのだというおぼろな察しをつけることはできないことはありませんが、しかしそれなら、なぜヒトハヒトヲイジメタイノカという質問に対しては、朦朧《もうろう》としてしまって、ほとんど、どう答えようもありません。オーウェルはその短い苦しみに満ちた生涯の後半期になってこの問いを凝視することに憑《つ》かれ、悶えました。

ウィンストンは異端の情熱を抱いたがために老獪なオブライアンの罠にみごとにひっかかり、拷問台に乗せられ、昼となく夜となく電圧を浴びせられたり、飢えたネズミを鼻先につきつけられたりして、やがて〝個〟を放棄することに無限の自由を覚え、政府の叫ぶままに〝二プラス二は五だ〟と叫ぶようになる——ただし硝酸のような安物ジンのショックのなかで涙を流しながらですが——のですが、この二人の哲学的対話のなかでも権力は苛烈な、ある純粋志向の、絶対の探求の、その一変種であるらしい苛烈さをもって論じられる。そこでオブライアンが開示してみせた定言は、権力ノ目的ハ権力ソレ自体ダということであった。オブライアンはビッグ・ブラザーの侍従の一人なので、はたして彼が自身のいうことをそのまま心から信じこんでいるのかどうかについては、罠師としてのふるまいと発言についてあまりにそれがみごとであるので、異端糾問官としてのそれのみごとさも手伝い、あまりに完璧なものは常にどこかに無慈悲さと欠落を感じさせるものだから、彼もまた一箇の激烈な、かつ空虚な仮面者なのではあるまいかという一抹の疑いが読後に残される。それは心弱くておびえてばかりいる私個人の深読みのしすぎ、または彼を仮面者と感ずることで、あてどない救済を覚えたいとする心の動きであるかもしれませんが、いつも読みかえすたびに、何やらそう感じてしまいます。これがもし誰しもが感ずるところであるのならば、オーウェルは一つの謎を、指紋をつけないで残していったことになります。

権力ノ目的ハ権力ソレ自体ダ。つまり、ヒトはヒトをいじめたいからヒトをいじめるのだ。この物語ではこの定言をめぐってオブライアンが、いかにそれによって一九八四年代のオセアニア国の党組織、社会の全体系、全人民の監視機構の完備、〝個〟のDDT的抹殺等の諸行政が顕微鏡的でありながらかつ宇宙的でもある規模において進行されつつあるものであるかを説くのですが、その無慈悲で徹底的な論証の雄弁は、異端者を粉砕したいための破壊の情熱であるのか、それとも変型された創造の情熱であるのか、キメ手になるそのあたりのことをやっぱり不分明なままに残しています。おそらくそれは、逮捕前のウィンストンが権力の氾濫を観察、思考して、〝いかに〟はわかるが〝なぜ〟はわからないと考えあぐねていることを、逮捕後に〝いかに〟の部分を分析しながらついに円周を拡大することに止まってしまったからだ、ということからでしょう。そうではありませんか。いじめたいからいじめるのだ、というだけでは、それが何であるか、なぜであるかの核心の問いに対する終局的な答えとはならないはずです。サルトルは権力欲のひき起こす惨害を考究するエッセイのなかで、ヒトには〝不浸透性への欲望〟があるのだと規定したことがありましたが、ではなぜヒトはヒトに浸透されたくないと感じるのかということについては放棄の気配の沈黙がありました。あれほどまで明晰周到をきわめた意識家であり、かつ頑固にヒトの本能の損傷されることなき開花を主張するというタイトロープの演技にふけっているはずの人物にしても、この闇の力に対してはやっぱり闇のままで残しておくしかなかったのではあるまいかと思われる気配があります。おそらくこの闇の力の探究ほどに現代作家にとっての未耕の沃野はないのではないか。それは暗黒の溟々《めいめい》のなかに沈んでいるようではあるが、ある意味では完全に〝白き処女地〟でもあるはずだと私は感じます。諸国を放浪して街路や田んぼのあぜ道に流れた血や、開きっぱなしでハエに這われるままとなっている眼などを目撃する経験を重ねれば重ねるだけそう感ずるのですが、今まだ私はペンをとり上げるにいたらないまでの状態にあります。おびえ、分裂し、錯迷し、それを苦痛と感じながらそのままで保ちたいとも思っています。体系がどうしても立てられないから、体系を立てたいとそそのかされるものを、それ自体の状態において、せめて保持したい。それすら編集室や飲屋でのうたかたの、心優しかったり、それに飽いてかえって不意に心きびしからんと欲したりする片言隻句のやりとりのうちに、ふと崩れ、荒涼たる家の寝床のなかでも崩れるままになり、音すらも聞こえず粉末になっていくのです。あたたかな灯や、あたためられた酒や、クサヤの干物の匂いのなかで、ついつい私は不分明に融即していき、タハ、オモチロイなどと大声でむなしく口走ったりしているのです。

近頃、おぼろに私が眼を開いて読んでいった本の一冊にザミャーチンの『われら』があります。この本は先に書いたようにオーウェルの『一九八四年』やハックスリーの『すばらしい新世界』の原本となった先駆的作品で、基本的命題の部分ではあらゆるものを、かならずしも執念深い散文作家としてではなくても閃光的な詩人としてほのめかし、予言し、暗示し、開示していると思われます。これはコミュニズム臭ぬきの一つの未来の全体主義国家についての見取図としての書なのですが、作者の母国の当時の状況は四面楚歌で、慟哭《どうこく》をこらえてパリへ亡命するしかなく、そこでついにはノタレ死にしてしまうこととなります。この書のページごとにひらめく閃光の詩や、洞察や、痛烈な批判を読みとれば、エセーニンやマヤコフスキーの自殺と同じように彼の亡命を眺めざるを得なくなります。すでにプラトンは共和国から詩人を追放する措置をとっていますが、アブとなって眠れるウマである祖国を刺そうとしたソクラテスが結局は毒を仰ぐしかなかった命運を考えあわせると、ザミャーチンについても、結局は同じことだと思わずにはいられません。しかも詩人を支持する私たちが、そのいっぽうでは、ソクラテスを抹殺したブタどもが一社会の保持という点では決して嫉妬深いバカだけであったのではなくて、むしろなみなみならぬ敏感な本能者、現実家であったことをも感じさせられて当惑してしまうという事情があります。

『われら』は極度の権力の集中による極度の統制が住民にとってはもはや歓びと感じられるまでになった全体主義社会を透明に描いているのですが、ここでも権力は〝いかに〟が描かれ、〝なぜ〟または〝何〟は謎のまま残されています。しかし、極度にまで追いつめられた透明のゆえに、察せられるようではあるみたいです。たとえばその一つは舞台装置です。この架空国の首都です。それがどう構想されているかです。この都は恩人の君臨する膝下にあり、徹底的に管理され、統制され、監視されているのですが、ガラスと金属で作られていて、かなたに〝緑の長壁〟を設けて原始が浸透することを防遏《ぼうあつ》し、住民はその壁の向こうに何があるかをのぞいたこともありません。都市がガラスと金属で構成されている点ではボードレールに現われる理想の都、壁で原始を防遏しようとする点では始皇帝の築いた万里長城、それぞれを連想させられるのですが、これから察すれば、権力衝動とは人工または文明の異名にほかならないのだと作者はいいたがっているように思えてきます。統治の手段としての権力をいましばらくおき、それを行使したい情念の本質は、まず自然、または自然なるいっさいのものへの叛逆であり、挑戦であるのではないでしょうか。統治は効率の問題ではありますが、同時に必要悪としてかならずなんらかの抑圧、禁制、切断をもたらさずにはいられないのですから、それを自然なるものへの叛逆、挑戦と考えれば、ヒトが二本足で地表に立ち上がって二本の手を解放した瞬間のエネルギーの解放量の膨大さは無類のものであり、以後に続く無数のスローガンによる無数の革命のどれひとつとしてこれをしのげるものはあるまいと思われます。そのときの闇のなかでの爆発がいまだに継起しつづけていて、およそ一瞬としてやむことがない。文学が政治を問うときは権力とは何かを問うことから始まりますが、同時に、常にそれは自然なるものを問う。

『一九八四年』は失敗作かもしれないが、ひたすらその気魄において貴重であると先に書きましたが、たとえば次の問答はきわめて古風ながら私に迫ってこずにはいません。ウィンストンが抑圧に反抗するための地下運動体《兄弟同盟》に参加するとき、オブライアンから査問を受ける箇所です。

「あなたは自分の命を投げ出す覚悟ができていますか？」

「はい」

「あなたは人殺しをする覚悟ができていますか？」

「はい」

「何百人という罪のない人々まで殺すような破壊工作を実行する覚悟も？」

「できています」

「祖国を外国に売り渡す覚悟は？」

「できています」

「あなたはだますこと、偽造すること、恐喝すること、また子供の心を腐敗させ習慣性の薬物をばらまき、売春を奨励し性病を蔓延させること——風俗を壊乱し党の力を弱めるようなことなら何でもやれる覚悟がありますか？」

「はい」

「たとえば、もし子供の顔に硫酸をかけることがわれわれにとってなんらかの利益になるとしたら——あなたはそこまでやれる覚悟がありますか？」

「あります」

「あなたは自分の身元証明を失っても、残りの生涯を給仕とか波止場人足として過ごす覚悟がありますか?」

「あります」

「もしわれわれが命令した場合、あなたはいつでも自殺する覚悟がありますか?」

「あります」


引用しただけではおどろおどろしく見えますが全篇を満たす凄惨な抑圧の現実のなかではさほど異様には感じられません。もしこの作品を啓蒙、警世の書と読み、また一歩進んでなんらかの指針を読みとりたいと思う心で読むのなら、私たちは殺人鬼になる覚悟を決めなければならないのです。崩壊寸前の肺をかかえ、血を吐き吐き書きつづっていったオーウェルの覚悟と気魄にはそれだけのものがあります。《兄弟同盟》の叛乱には明晰な権力体系の分析がありますが、革命後に樹立すべき異なれる体系の計画は何一つとしてありません。よしんば彼らの凄惨な純潔が現実化を見たとしても、ふたたび同じ抑圧体系の樹立にいそしむ結果となるかもしれないのです。一言も述べてはありませんがその予感は濃厚です。ウィンストンたちはひたすら現状への絶望から一歩踏みだしたい一心なので、未来の青写真など持とうにも持ちようがないのです。だからこれは究極的には底知れぬ絶望の書ではあるが同時に情念の書でもあるので、その情念を読みとるかぎり、読者はベッドから本を伏せて出たあとあとまでも自問自答しつづけなければなりません。〝自由〟のために、命が投げ出せますか。人が殺せますか。何百人と罪のない人が殺せますか。祖国が売れますか。子供の顔に硫酸をかけられますか。命令ひとつで自殺できますか……

後記にかえて

今年、たまたま一九八四年となり、かねてよりさほど濃くなくオーウェルがかつぎだされるだろうと思っていたところ、年初にテレビや雑誌でちらちら彼の名や顔が明滅しはじめた。しかし、これはかなり濃く予感していたことだけれど、〝ブーム〟だの、〝ホット〟だのということにはなるまいと遠くから眺めていたところ、やっぱりそうなったようである。この原稿を書いているのは五月だけれど、オーウェルの名と顔は新聞の広告欄のどこにも見られないようだし、今年の後半期に入ってもふたたび大声でお呼びがかかることはあるまいと感じられる。

（……彼についての伝記と評論が出版され、著作も飜訳され、出版されている。それは歓迎されていいことだし、しなければならぬことでもある。しかし、それが〝ブーム〟といえるほどのものではないことを年来のファンとしては淋しくも思い、やっぱりそうであるかと、奇妙な安堵も感じさせられるのである。）

かくてオーウェル波は衝撃といえるほどのものをニッポン国の知力や感力にあたえることなく後退または消滅しつつあると見ていたところ、某日、筑摩書房の柏原成光君と祝部陸大君の二人が久しぶりにやってきて、六〇年代の昔に私があちらこちらに書いたものを集めてささやかな一冊を作ってみては、と進言して下さる。羞しさをこらえこらえそれらを読みかえし、何日も考えこんだ結果、政治小説についての谷沢永一、向井敏両名との討論、および『動物農場』の訳稿を追加して小冊を作ってみる気持になった。これでオーウェリアンが何人生まれることになるか、正直いってほとんど何も期待できないけれど、何粒かの種子はどこかで芽をだしてくれるかも知れない。それがどこまで育つかについてはまったくまさぐりようがないけれど……

六〇年代の某夜に吉祥寺の古本屋の店頭の投売箱で『一九八四年』を拾いあげて久しぶりに再読してからオーウェルを勉強しなおす気になり、銀座の洋書店でもっぱらペンギン・ブックスを買いあさって読みふけった。その読後感のいささかをここに収録したような短文にして『動物農場』の文庫版の解説や、エッセイ集の何かや、『人間として』の連載などに仕立てたわけだが、〝論〟といえるほどのものではあるまい。それぞれ読者がちがうのとオーウェルその人があまりにも読まれなさすぎて読者に知識がないことを考えこむために重複が目立ち、煩わしくて、うっとうしい印象があるけれど、それを削ると壊れるものがありすぎるようにも思えるので、目をつぶって出すことにした。

今世紀の作家としてはオーウェルは稀有に背骨が太く、〝痛切〟のテーマと感情を訴える人だったと思われる。しかし、ユーモアや、澄明、簡潔などの心と言葉の作法はわきまえていたし、語って説かずの態度も保持していた。長篇、短篇、エッセイ、それぞれに味わいの変化がある。しかし、つねに『自由か、あらずんば死か』の覚悟をしたたかに下腹につめてペンをはこぶ気風と気迫が電流のように紙からつたわってくるのが、魅力だった。政治家の汚職だろうと、個人の私行だろうと、モンダイなるものが発生すると、たちまち集団ヒステリー症を起してシロかクロかの議論だけしかできなくなるニッポン人の全体主義者風の心性にはがまんがならないが、これはどうやら根がどこまで入っているのかまさぐりようがないくらい、深くて、しぶとく、そして、卑少である。その心性が明も生みだし、暗も生みだすのだが、今後もずっと肥大しつづけることであろう。

ヴェトナム戦争のときの議論もそうであったし、方角とフィールドはまったく異なるけれど、小林秀雄についての議論もそうであった。もともと〝議論〟などというものではないのである。合唱、そしてたちまちの忘却があるだけで、テーマがどう変ってもその裏の心性はいつまでもおなじである。路上の人も室内の人も、兵隊アリも本読み屋も、テレビのアチャラカ芸人も新聞社の論説委員も、背骨がないということではまったく変ることがない。こういう気風がはびこるクラゲ人間の大群のなかへオーウェルのような作家を放ってもと、何度考えこんだか知れないが、ムダとわかりきったポイントへルアーを投げて思いがけず魚を釣った経験もこれまでに何度か、ないではないので、カビに蔽われたような憂鬱をこらえこらえ、ここに一冊。

風のままに。

一九八四年五月　茅ヶ崎にて　開高　健

＊篇中の『動物農場』の飜訳はキー・ワードになる若干の用語をめぐって箕形洋子さんと私が討論して仕上げた形になりました。感謝を。

本書は一九八四年九月に小社より刊行された『今日は昨日の明日――ジョージ・オーウェルをめぐって』を再編集したものである。同書収録の文章のうち、「24金の率直――オーウェル瞥見」「手袋の裏もまた手袋」を割愛し、配列の変更を行った。

エレンディラ　G・ガルシア＝マルケス　鼓直／木村榮一訳
大人のための残酷物語として書かれたといわれる中・短篇。「孤独と死」をモチーフに、大著『族長の秋』につらなるマルケスの真価を発揮した作品集。

素粒子　ミシェル・ウエルベック　野崎歓訳
人類の孤独の極北にゆらめく絶望的な愛――二人の異父兄弟の人生をたどり、希薄で怠惰な現代の一面を描き上げた、鬼才ウエルベックの衝撃作。

地図と領土　ミシェル・ウエルベック　野崎歓訳
孤独な天才芸術家ジェドは、世捨て人作家ウエルベックと出会い友情を育むが、作家は何者かに惨殺される――。最高傑作と名高いゴンクール賞受賞作。

きみを夢みて　スティーヴ・エリクソン　越川芳明訳
マジックリアリズム作家の最新作、待望の訳し下ろし！　作家ザン夫妻はエチオピアの少女を養女にする。「小説内小説」と現実が絡む。推薦文＝小野正嗣

ルビコン・ビーチ　スティーヴ・エリクソン　島田雅彦訳
マジックリアリスト、エリクソンの幻想的描写が次々に繰り広げられるあまりに魅力的な代表作。空間のよじれの向こうに見えるもの。（谷崎由依）

スロー・ラーナー［新装版］　トマス・ピンチョン　志村正雄訳
著者自身がまとめた初期短篇集。「謎の巨匠」がみずからの作家生活を回顧する序文を付した話題作。驚異に満ちた世界。（高橋源一郎、宮沢章夫）

競売ナンバー49の叫び　トマス・ピンチョン　志村正雄訳
「謎の巨匠」の暗喩に満ちた迷宮世界。突然、大富豪の遺言管理執行人に指名された主人公エディパの物語。郵便ラッパとは？（巽孝之）

動物農場　ジョージ・オーウェル　開高健訳
自由と平等を旗印に、いつのまにか全体主義や恐怖政治が社会を覆っていく様を痛烈に描き出す。『一九八四年』と並ぶG・オーウェルの代表作。

カポーティ短篇集　T・カポーティ　河野一郎編訳
妻をなくした中年男の一日を、一抹の悲哀をこめ、ややユーモラスに描いた本邦初訳の「楽園の小道」他、選びぬかれた11篇。文庫オリジナル。

パルプ　チャールズ・ブコウスキー　柴田元幸訳
人生に見放され、酒と女に取り憑かれた超ダメ探偵が次々と奇妙な事件に巻き込まれる。伝説的カルト作家の遺作、待望の復刊！（東山彰良）

ありきたりの狂気の物語　チャールズ・ブコウスキー　青野聰訳
すべてに見放されたサイテーな毎日。その一瞬の狂った輝きを切り取る、伝説的カルト作家の愛と笑いと哀しみに満ちた異色短篇集。（戌井昭人）

ブラウン神父の無心　G・K・チェスタトン　南條竹則／坂本あおい訳
ホームズと並び称される名探偵「ブラウン神父」シリーズを鮮烈な新訳で。「木の葉を隠すなら森のなか」などの警句と逆説に満ちた探偵譚。（高沢治）

生ける屍　ピーター・ディキンスン　神鳥統夫訳
独裁者の島に派遣された薬理学者フォックス。秘密警察が跳梁し、魔術が信仰される島で陰謀に巻き込まれ……。幻の小説、復刊。（岡和田晃／佐野史郎）

氷　アンナ・カヴァン　山田和子訳
氷が全世界を覆いつくそうとしていた。私は少女の行方を必死に探し求める。恐ろしくも美しい終末のヴィジョンで読者を魅了した伝説的名作。

奥の部屋　ロバート・エイクマン　今本渉編訳
不気味な雰囲気、謎めいた象徴、魂の奥処をゆさぶる深い戦慄。幽霊不在の時代における新しい恐怖を描く、怪奇小説の極北エイクマンの傑作集。

郵便局と蛇　A・E・コッパード　西崎憲編訳
日常の裏側にひそむ神秘と怪奇を淡々とした筆致で描く、孤高の英国作家の詩情あふれる作品集。新訳一篇を追加し、巻末に訳者による評伝を収録。

アンチクリストの誕生　レオ・ペルッツ　垂野創一郎訳
20世紀前半に幻想的歴史小説を発表し広く人気を博した作家ペルッツの中短篇集。史実を踏まえて花開く奔放なフィクションの力に脱帽。（皆川博子）

あなたは誰？　ヘレン・マクロイ　渕上痩平訳
匿名の電話の警告を無視してフリーダは婚約者の実家へ向かうが、その夜のパーティで殺人事件が起こる。本格ミステリの巨匠マクロイの初期傑作。

ロルドの恐怖劇場　アンドレ・ド・ロルド　平岡敦編訳
二十世紀初頭のパリで絶大な人気を博した恐怖演劇グラン・ギニョル座。その座付作家ロルドが血と悪夢で紡ぎあげた二十二篇の悲鳴で終わる物語。

悪党どものお楽しみ　パーシヴァル・ワイルド　巴妙子訳
足を洗った賭博師がその経験を生かし探偵として大活躍、いかさま師たちの巧妙なトリックを次々と暴く。エラリー・クイーン絶賛の痛快連作。（森英俊）

ギリシア悲劇（全4巻）　大場正史訳

荒々しい神の正義、神意と人間性の調和、人間の激情と心理。三大悲劇詩人（アイスキュロス、ソポクレス、エウリピデス）の全作品を収録する。

バートン版 千夜一夜物語（全11巻）　古沢岩美・絵

めくるめく愛と官能に彩られたアラビアの華麗な物語——奇想天外の面白さ、世界最大の奇書の名訳による決定版。鬼才・古沢岩美の甘美な挿絵付。

ガルガンチュア　ガルガンチュアとパンタグリュエル1　フランソワ・ラブレー　宮下志朗訳

巨人王ガルガンチュアの誕生と成長、冒険の数々、さらに戦争とその顚末……笑いと風刺が炸裂するラブレーの傑作を、驚異的に読みやすい新訳でおくる。

文読む月日（上・中・下）　トルストイ　北御門二郎訳

一日一章、一年三六六章。古今東西の聖賢の名言・箴言を日々の心の糧となるよう、晩年のトルストイが心血を注いで集めた一大アンソロジー。

ランボー全詩集　アルチュール・ランボー　宇佐美斉訳

束の間の生涯を閃光のようにかけぬけた天才詩人ランボー——稀有な精神が紡いだ清冽なテクストを、世界的ランボー学者の美しい新訳でおくる。

ボードレール全詩集Ⅰ　シャルル・ボードレール　阿部良雄訳

詩人として、批評家として、思想家として、近年重要度を増しているボードレールのテクストを世界的な学者の個人訳で集成する初の文庫版全詩集。

高慢と偏見（上・下）　ジェイン・オースティン　中野康司訳

互いの高慢さから偏見を抱いて反発しあう知的な二人がやがて真実の愛にめざめてゆく……絶妙な展開で深い感動をよぶ英国恋愛小説の名作の新訳。

分別と多感　ジェイン・オースティン　中野康司訳

冷静な姉エリナーと、情熱的な妹マリアン。好対照をなす姉妹の結婚への道を描くオースティンの永遠の傑作。読みやすくなった新訳で初の文庫化。

荒涼館（全4巻）　C・ディケンズ　青木雄造他訳

上流社会、政界、官界から底辺の貧民、浮浪者まで巻き込んだ因縁の訴訟事件。小説の面白さをすべて盛り込み壮大なスケールで描いた代表作。（青木雄造）

ソーの舞踏会　バルザック　柏木隆雄訳

名門貴族の美しい末娘は、ソーの舞踏会で理想の男性と出会うが身分は謎だった……驕慢な娘の悲劇を描く表題作に、『夫婦財産契約』『禁治産』を収録。

コスモポリタンズ　サマセット・モーム　龍口直太郎訳
舞台はヨーロッパ、アジア、南島から日本まで。故国を去って異郷に住む〝国際人〟の日常にひそむ事件のかずかず。珠玉の小品30篇。（小池滋）

眺めのいい部屋　E・M・フォースター　西崎憲／中島朋子訳
フィレンツェを訪れたイギリスの令嬢ルーシーは、純粋な青年ジョージに心惹かれる。恋に悩み成長する若い女性の姿と真実の愛を描く名作ロマンス。

ダブリンの人びと　ジェイムズ・ジョイス　米本義孝訳
20世紀初頭、ダブリンに住む市民の平凡な日常をリアリズムに徹した手法で描いた短篇小説集。リズミカルで斬新な新訳。各章の関連地図と詳しい解説付。

オーランドー　ヴァージニア・ウルフ　杉山洋子訳
エリザベス女王お気に入りの美少年オーランドー、ある日目をさますと女になっていた――4世紀を駆ける万華鏡ファンタジー。（小谷真理）

バベットの晩餐会　I・ディーネセン　桝田啓介訳
バベットが祝宴に用意した料理とは……。一九八七年アカデミー賞外国語映画賞受賞作の原作と遺作「エーレンガート」を収録。（田中優子）

キャッツ　T・S・エリオット　池田雅之訳
劇団四季の超ロングラン・ミュージカルの原作新訳版。あまのじゃく猫におちゃめ猫、猫の犯罪王に鉄道猫。15の物語とカラーさしえ14枚入り。

ヘミングウェイ短篇集　アーネスト・ヘミングウェイ　西崎憲編訳
ヘミングウェイは弱く寂しい男たち、冷静で寛大な女たちを登場させ「人間であることの孤独」を描く。繊細で切れ味鋭い14の短篇を新訳で贈る。

動物農場　ジョージ・オーウェル　開高健訳
自由と平等を旗印に、いつのまにか全体主義や恐怖政治が社会を覆っていく様を痛烈に描き出す。『一九八四年』と並ぶG・オーウェルの代表作。

トーベ・ヤンソン短篇集　トーベ・ヤンソン　冨原眞弓編訳
ムーミンの作家にとどまらないヤンソンの作品の奥行きと背景を伝える短篇のベスト・セレクション。「愛の物語」「時間の感覚」「雨」など、全20篇。

誠実な詐欺師　トーベ・ヤンソン　冨原眞弓訳
〈兎屋敷〉に住む、ヤンソンを思わせる老女性作家。彼女に対し、風変わりな娘がめぐらす長いたくらみとは？　傑作長編がほとんど新訳で登場。

名短篇、ここにあり　北村薫／宮部みゆき編
読み巧者の二人の議論沸騰し、選びぬかれたお薦め小説12篇。となりの宇宙人／冷たい仕事／隠し芸の男／少女架刑／あしたの夕刊／網／誤訳ほか。

名短篇、さらにあり　北村薫／宮部みゆき編
小説って、やっぱり面白い。人間の愚かさ、不気味さ、人情が詰まった奇妙な12篇。華燭／骨／雲の小径／押入の中の鏡花先生／不動図／鬼火／家霊ほか。

読まずにいられぬ名短篇　北村薫／宮部みゆき編
松本清張のミステリを倉本聰が時代劇に!? あの作家の知られざる逸品からオチの読めない怪作まで厳選の18作。北村・宮部の解説対談付き。

教えたくなる名短篇　北村薫／宮部みゆき編
宮部みゆきを驚嘆させた、時代に埋もれた名作家・長谷川修の世界とは? 人生の悲喜こもごもが詰まった珠玉の13作。北村・宮部の解説対談付き。

世界幻想文学大全
幻想文学入門　東雅夫編著
幻想文学のすべてがわかるガイドブック。澁澤龍彦、中井英夫、カイヨワ等の幻想文学案内のエッセイも収録し、資料も充実。初心者も通も楽しめる。

世界幻想文学大全
怪奇小説精華　東雅夫編
ルキアノスから、デフォー、メリメ、ゴーチエ、ゴーゴリ……時代を超えたベスト・オブ・ベスト。岡本綺堂、芥川龍之介等の名訳も読みどころ。

日本幻想文学大全
幻妖の水脈　東雅夫編
『源氏物語』から小泉八雲、泉鏡花、江戸川乱歩、都筑道夫……。妖しさ蠢く日本幻想文学、ボリューム満点のオールタイムベスト。

日本幻想文学大全
幻視の系譜　東雅夫編
世阿弥の謡曲から、小川未明、夢野久作、宮沢賢治、中島敦、吉村昭……。幻視の閃きに満ちた日本幻想文学の逸品を集めたベスト・オブ・ベスト。

60年代日本SFベスト集成　筒井康隆編
「日本SF初期傑作集」とでも副題をつけるべき作品集である（編者）。二十世紀日本文学のひとつの里程標となる歴史的アンソロジー。（大森望）

70年代日本SFベスト集成1　筒井康隆編
日本SFの黄金期の傑作を、同時代にセレクトした記念碑的アンソロジー。SFに留まらず「文学の新しい可能性」を切り開いた作品群。（荒巻義雄）

こころ　夏目漱石
友を死に追いやった「罪の意識」によって、ついには人間不信にいたる悲惨な心の暗部を描いた傑作。詳しく利用しやすい語注付。（小森陽一）

美食倶楽部　谷崎潤一郎大正作品集　種村季弘編
表題作をはじめ耽美と猟奇、幻想と狂気……官能的な文体によるミステリアスなストーリーの数々。大正期谷崎文学の初の文庫化。種村季弘編で贈る。

三島由紀夫レター教室　三島由紀夫
五人の登場人物が巻き起こす様々な出来事を手紙で綴る。恋の告白・借金の申し込み・見舞状等、一風変ったユニークな文例集。（群ようこ）

命売ります　三島由紀夫
自殺に失敗し、「命売ります。お好きな目的にお使い下さい」という突飛な広告を出した男のもとに、現われたのは？（種村季弘）

方丈記私記　堀田善衞
中世の酷薄な世相を覚めた眼で見続けた鴨長明。その人間像を自己の戦争体験に照らして語りつつ現代日本文化の深層をつく。巻末対談＝五木寛之

小説 永井荷風　小島政二郎
荷風を熱愛し、「十のうち九までは礼讃の誠を連ねた中に、ホンの一つ」批判を加えたことで終生の恨みをかってしまった作家の傑作評伝。（加藤典洋）

てんやわんや　獅子文六
戦後のどさくさに慌てふためくお人好し犬丸順吉は社長の特命で四国へ身を隠すが、そこは想像もつかない楽園だった。しかしそこは……。（平松洋子）

娘と私　獅子文六
文豪、獅子文六が作家としても人間としても激動の時間を過ごした昭和初期から戦後、愛娘の成長とともに自身の半生を描いた亡き妻に捧げる自伝小説。

江分利満氏の優雅な生活　山口瞳
卓抜な人物描写と世態風俗の鋭い観察によって昭和一桁世代の悲喜劇を鮮やかに描き、高度経済成長期前後の一時代をくっきりと刻む。（小玉武）

落穂拾い・犬の生活　小山清
明治の匂いの残る浅草に育ち、純粋無比の作品を遺して短い生涯を終えた小山清。いまなお新しい、清らかな祈りのような作品集。（三上延）

せどり男爵数奇譚　梶山季之

せどり＝掘り出し物の古書を安く買って高く転売することを業とすること。古書の世界に魅入られた人々を描く傑作ミステリー。（永江朗）

川三部作 泥の河／螢川／道頓堀川　宮本輝

太宰賞「泥の河」、芥川賞「螢川」、そして「道頓堀川」と、川を背景に独自の抒情をこめて創出した、宮本文学の原点をなす三部作。

私小説 from left to right　水村美苗

12歳で渡米し滞在20年目を迎えた「美苗」。アメリカにも溶け込めず、今の日本にも違和感を覚え……。本邦初の横書きバイリンガル小説。

ラピスラズリ　山尾悠子

言葉の海が紡ぎだす、〈冬眠者〉と人形と、春の目覚めの物語。不世出の幻想小説家が20年の沈黙を破り発表した連作長篇。補筆改訂版。（千野帽子）

増補 夢の遠近法　山尾悠子

「誰かが私に言ったのだ／世界は言葉でできていると」。誰も夢見たことのない世界が、ここではじめて言葉になった。新たに二篇を加えた増補決定版。

兄のトランク　宮沢清六

兄・宮沢賢治の生と死をそのかたわらでみつめ、兄の死後も烈しい空襲や散佚から遺稿類を守りぬいてきた実弟が綴る、初のエッセイ集。

真鍋博のプラネタリウム　真鍋博・星新一

名コンビ真鍋博と星新一。二人の最初の作品『おーいでてこーい』他、星作品に描かれた挿絵と小説冒頭をまとめた幻の作品集。（真鍋真）

鬼譚　夢枕獏編著

夢枕獏がジャンルにとらわれず、古今の「鬼」にまつわる作品を蒐集した傑作アンソロジー。坂口安吾、手塚治虫、山岸凉子、筒井康隆、馬場あき子、他。

茨木のり子集 言の葉（全3冊）　茨木のり子

しなやかに凛と生きた詩人の歩みの跡を、詩とエッセイで編んだ自選作品集。単行本未収録の作品なども収め、魅力の全貌をコンパクトに纏める。

言葉なんかおぼえるんじゃなかった　田村隆一・語り　長薗安浩・文

戦後詩を切り拓き、常に詩の最前線で活躍し続けた伝説の詩人・田村隆一が若者に向けて送る珠玉のメッセージ。代表的な詩25篇も収録。（穂村弘）

沈黙博物館　小川洋子

「形見じゃ」老婆は言った。死の完結を阻止するために形見が盗まれる。死者が残した断片をめぐるやさしくスリリングな物語。（堀江敏幸）

星間商事株式会社社史編纂室　三浦しをん

二九歳「腐女子」川田幸代、社史編纂室所属。恋の行方も友情の行方も五里霧中。仲間と共に「同人誌」を武器に社の秘められた過去に挑む!?（金田淳子）

通天閣　西加奈子

このしょーもない世の中に、救いようのない人生に、ちょっぴり暖かい灯を点す驚きと感動の物語。第24回織田作之助賞大賞受賞作。（津村記久子）

この話、続けてもいいですか。　西加奈子

ミッキーこと西加奈子の目を通すと世界はワクワク、ドキドキ輝く。いろんな人、出来事、体験がてんこ盛りの豪華エッセイ集！（中島たい子）

水辺にて　梨木香歩

川のにおい、風のそよぎ、木々や生き物の息づかい。カヤックで水辺に漕ぎ出すと見えてくる世界を、物語の予感いっぱいに語るエッセイ。（酒井秀夫）

ピスタチオ　梨木香歩

棚(たな)がアフリカを訪れたのは本当に偶然だったのか。不思議な出来事の連鎖から、水と生命の壮大な物語「ピスタチオ」が生まれる。（管啓次郎）

冠・婚・葬・祭　中島京子

人生の節目に、起こったこと、出会ったひと、考えたこと。冠婚葬祭を切り口に、鮮やかな人生模様が描かれる。第143回直木賞作家の代表作。（瀧井朝世）

図書館の神様　瀬尾まいこ

赴任した高校で思いがけず文芸部顧問になってしまった清(きよ)。そこでの出会いが、その後の人生を変えてゆく。鮮やかな青春小説。（山本幸久）

僕の明日を照らして　瀬尾まいこ

中2の隼太に新しい父が出来た。優しい父はしかしDVする父でもあった。この家族を失いたくない！隼太の闘いと成長の日々を描く。（岩宮恵子）

君は永遠にそいつらより若い　津村記久子

22歳処女。いや「女の童貞」と呼んでほしい――。日常の底に潜むうっすらとした悪意を独特の筆致で描く。第21回太宰治賞受賞作。（松浦理英子）

ちくま文庫

動物農場《どうぶつのうじょう》　付「G・オーウェルをめぐって」開高健

二〇一三年九月　十　日　第一刷発行
二〇二一年一月二十五日　第八刷発行

著　者　ジョージ・オーウェル
訳　者　開高健（かいこう・たけし）
発行者　喜入冬子
発行所　株式会社　筑摩書房
東京都台東区蔵前二―五―三　〒一一一―八七五五
電話番号　〇三―五六八七―二六〇一（代表）
装幀者　安野光雅
印刷所　株式会社精興社
製本所　株式会社積信堂

ISBN978-4-480-43103-5　C0197